降臨！みだら巫女

睦月影郎

Kagerou Mutsuki

イースト・プレス 悦文庫

目次

降臨！みだら巫女

第一章　住む世界の違う少女と

1

（夏休みに入ったけど、何もすることがない……）

光二は思い、万年床にゴロリと横になった。もう夕食も入浴も済ませたところだった。

今日、大学の前期テストを終え、明日から長い夏休みなのだ。

静岡にある実家に帰っても、五歳年上で先月結婚したばかりの兄夫婦は両親ともども稼業（かぎょう）の旅館で忙しく、どうせ手伝わされるだけである。

清水光二（しみずこうじ）は国文科の大学一年生。浪人したため、間もなく二十歳（はたち）になろうというのに恋人を持った経験もなく、大学生活最初の夏休みだというのに遊びに行く友人も少ない。

バイトでも探すか、持ち込み小説の執筆にかかるか、そんなことを思いつつ、グダグダと過ごしてしまうような気がする。

将来の志望は小説家だが、懸賞応募も数回チャレンジしただけで、もちろん第一次予選をかすりもしなかった。

才能もないのに作家志望というのは、要するに出勤せず人間関係に悩まなくて良いというグータラな性格による発想なのである。

幼い頃からスポーツは苦手、部屋の中で本を読んでいれば幸せという、完全なインドア派だった。

ここは都下郊外にある、篠津王社という神社で、光二は境内の隅にある離れに住んでいた。

宮司は彼の父の兄、つまり伯父だ。この離れは、先代の隠居所として建てられたが祖父はボケて施設に入ってしまい、折しも光二が大学入学で上京したため、空いた離れに住まわせてくれたのである。

家賃がないのは助かるが、そのぶん実家からの仕送りは削減され、年中伯父伯母と顔を合わせるというのも窮屈なものだった。

それでも離れは、六畳一間にバストイレ、小さなキッチンもあり、完全に独立したものだし、伯父伯母も干渉してくることはなかった。

だから光二は食事も自炊をし、たまに伯母が総菜などを持ってきてくれる程度であった。

伯父の篠原孝一郎は四十五歳、伯母の美保子は三十九歳。子はなく、あとは神社に代々仕えている姫山家の娘で、十八歳になる香奈が巫女として近所から通っていた。

特に祭礼なども無く、小さな社務所でお神籤を売っている程度だが、歴史は古く氏子も多いらしい。

光二がこの離れに住むようになって間もなく四ヶ月。離れだから、それなりに一人暮らしの気分は満喫し、しかも自分でアパートを探して住むより良いことが二つあった。

それは、伯母の美保子が実に魅惑的な巨乳の美熟女であることだ。もちろん以前にも法事その他で顔を合わせたことはあり、前から綺麗な人だと思っていたが女神のように神々しい雰囲気に魅せられ、彼は年中伯母の面影で妄想オナニーに耽ってしまっていた。

もう一つは、巫女の香奈がとびきりの美少女ということだ。

愛くるしい笑窪の香奈は光二のことを「坊っちゃま」と呼び、清らかな巫女の衣装も良く似合い、彼女もまた光二のオカズになっていた。

香奈は今春に女子高を出てから、ずっとここで巫女をしている。

できれば光二は、美保子に性の手ほどきを受け、テクを覚えてから無垢(むく)らしい香奈に手を出したいと思っていた。

つまり有り余る性の欲求を、どう解消しようかというだけが、今の光二の最も大事なことだったのである。

(そろそろ抜いて寝ようか……)

まだ九時前だが、今は読む本もないしゲームには興味がない。射精してすっきりしてから、少しネットでも見て寝ようと思った。

光二はジワジワと股間を疼(うず)かせながらTシャツにトランクス姿で立ち上がり、窓のカーテンを閉めようとした。

ふと、サッシの窓枠を見ると、何やら赤黒い飛沫(ひまつ)があった。指で触れてみても乾いているようだ。

(血みたいだ。こんなのあったかな……)

気になり、サッシ窓を開けて外を見てみた。すぐ下が境内の隅の石塀で、その外は裏通り。向かいには住宅の塀が横に長く伸びていた。

身を乗り出し、塀の下を見てみると、通りの隅に枯れた花束が石塀に立てかけられていた。

交通事故でもあったのだろうか。普段は行くことのない裏通りである。

と、そのときドアが軽くノックされ、美保子の声がした。

「光二さん、まだ起きてるわね？　ちょっといいかしら」

（うわ……）

彼は慌てて窓から戻り、急いでドアに向かいながら、オナニーを開始する前で良かったと思った。

ロックを外して開けると美保子が顔を見せ、ほのかに甘い香りが感じられた。

アップにした黒髪に白い顔、ブラウスの胸がはち切れそうに膨らんでいる。

「遅くにごめんなさいね。実はお義父さんの具合が良くないようなので、明日の朝一番に施設へ行くことにしたけど、お見舞い一緒にどうかしら」

「そうですか。じゃ僕も顔を見せに行きます」

光二は答えた。どうせ暇だし、祖父の浩介には、離れに住むようになったとき一度挨拶に行ったきりである。

「そう、良かったわ。じゃ朝に」

「あの、伯母さん、窓の外の塀に花束が置かれているんだけど」

訊いてみると、美保子が微かに眉をひそめた。

「ええ……、実は光二さんが来る少し前、交通事故があったのよ。別に、この離れが事故物件というわけじゃないので」

「それより、被害者は亡くなったんですか？」

「そうなの。香奈ちゃんの同級生で、三浦麗子という、私もよく知っていた子なのよ。女子高の卒業式の帰りに」

「それは気の毒に……」

高校の卒業式の直後に事故死とは、何とも悲惨なことである。

「ええ、ご両親も、麗子ちゃんの百か日を済ませると、マンションを引き払って二人でアメリカへ移住してしまったわ」

「そうでしたか」

「黙っててごめんなさいね。特に言うことではないと思って」

「いえ、いいんです」

光二は答えたが、サッシの血の痕らしきもののことは黙っていた。明日にでも黙って拭いておけば良いだろう。

「じゃ、朝に」

彼が言うと、美保子も頷いて母屋のほうへ戻っていった。

光二はドアを施錠し、美保子の残り香を感じながら窓に戻った。

そして窓の下に向かい軽く手を合わせてから、夜は恐いので血の痕は見ずに窓とカーテンを閉めた。

確かに、この離れが事故物件というわけではないが、やはりすぐ外で人身事故があったことは伯父伯母も彼に言わなかったのだろう。

とにかく気持ちを切り替えて、寝しなの楽しみの時間だ。

彼はトイレを済ませてから、万年床に横になってトランクスを脱いだ。

美保子と会ったばかりなので、すぐにも彼自身はピンピンに勃起してきた。

実家の部屋では、ネットやグラビアを見たり、ヘッドホンで女性の喘ぎ声などを聴いたりしながら抜いたものだが、上京して離れに住むようになってからは、もっぱら妄想が主流になっていた。

何しろ美保子と香奈という、美熟女と美少女が身近にいるのである。

それでも部屋の灯りは点けたままだ。

光二は左向きになり、右手でペニスを握ろうとした。

「え……？」

そのとき、見ると自分の人差し指に赤いものが付着していたのである。

しかも灯りを受け、それはヌラヌラと光沢を放っているではないか。

（サッシに付いた血の痕なら乾いていたのに……）

光二は思ったが、そのとき灯りがチカチカと点滅し、何やら生温かい空気が室内に立ち籠めてきた。

そして閉まっているのに窓のカーテンが揺れ、驚いて身を起こすと窓の内側にぼうっとしたものが浮かび上がったのである。

それは次第に形を整え、長い髪のセーラー服を着た女子高生の姿になっていったではないか。

「う、うわ……！」

光二は声を震わせ、金縛りに遭ったように全身が硬直してしまった。

すると少女は、畳に両手を突いてノソノソとこちらに這ってきた。

「……！」

光二は恐怖に舌が痺れ、声も出せなくなっていた。長い髪に覆われ、彼女の顔はまだ見えないが、特にセーラー服が裂けたり血が出ていたりする様子はない。

光二がホラー映画のような体験に身をすくませていると、とうとう少女の顔が彼の目の前まで迫った。

長い黒髪が左右に流れ、ようやく表情が見えた。

傷もなく、切れ長の目に鼻筋の通った美形である。香奈の同級生だというが、愛くるしい香奈より、ずっと大人っぽい顔立ちであった。

その彼女が、じっと光二を見つめながら口を開いたのだった。

2

「あなたは誰？　私は三浦麗子」

清らかな声で歯切れ良く言い、光二の頭の中には、彼女の姓名の漢字までが伝わってきた。

「ぼ、僕は、ここの宮司の甥で、清水光二……」

「そう、私も、やっとこの近くなら動き回れるようになったわ」

光二が答えると、麗子が室内を見回して言う。

霊に対して返事をして良いものかどうか分からなかったが、ごく普通に会話できるようだ。

「あの、交通事故に遭ったって、お気の毒なことでした……」

「ええ、轢き逃げだったけど、顔ははっきり覚えているわ。あなた、光二さんと一緒ならきっと復讐できると思う」

麗子が、再びじっと彼を見つめて言う。

してみると、死んでから暫し形を失っていたようだが、その恨みだけで姿を取り戻したのかもしれない。

「き、きっと警察が捜し出しますよ。だから、どうか成仏を……」

彼が言うと、麗子はクスッと笑った。

「死んだものには、仏教も神道もないのよ。それより、復讐の他にも心残りが山ほどあるわ」

麗子が言い、視線を落として彼の股間を見つめた。

そう、光二は下半身丸出しだったのだ。もちろん恐怖にペニスは萎え、恥毛の中に埋もれている。

「あう……」

慌てて股間を隠そうとしたが、まだ全身は強ばったままだった。

「よく見たいわ」

麗子が言い、彼の股間に顔を寄せてきた。

「うわ……」

すると、気の力に押されるように光二は仰向けになってしまった。

互いに触れることはできず、透けて通り抜けるだけだが、見た目に影響されているのか、迫られると生温かな体温らしきものが伝わってきた。

「こうなってるのね……」

麗子が、彼の股間に屈み込んで言う。長い髪がサラリと彼の内腿に流れたが、もちろん感触はなかった。

それでも、美少女の顔がペニスに迫り、熱い視線が注がれているという夢のような眺めに、彼自身がムクムクと回復してきたのである。

見るのは初めてらしいので、麗子は完全無垢な処女だったようだ。

「いま、自分でしようとしていたのね。最後まで見せて」

麗子が顔を上げ、彼を見つめて言う。

確かに、触れられない霊ということを除けば、何しろ見た目が美しいので彼もその気になりつつあった。

　すると体が徐々に動くようになってきたので、光二はそろそろと右手を股間に伸ばした。

「待って」

　麗子が言い、彼の指を両手で包み込み、人差し指に浮かび上がった血に舌を這わせたのだ。指も舌も触れられた感触は伝わらないが、舐め取られたように指の血が消え失せた。

　どうやら、サッシの乾いた血に触れたのが、麗子を呼び寄せるきっかけとなったらしい。

「いいわ、続けて」

　麗子が言う。轢き逃げ犯への恨みと同じぐらい、性への好奇心が心残りとなっていたのだろう。清楚で知的そうな美少女だが、その内面は快楽への憧れでいっぱいなのかもしれない。

「な、舐める真似をして……」

　勃起しながら、思いきって光二は言ってみた。あまり図々しいことを言って、彼女が急変したら恐いが、見た目だけでも憧れの行為を目の当たりにすれば淫気も満々になることだろう。

「こう？」

　すると麗子もチロリと舌を伸ばし、強ばりの先端を舐めるふりをしてくれた。

　息も舌も触れてこないが、とびきりの美少女におしゃぶりされる様子に彼自身は最大限に膨張していった。

「ああ……」

　光二は自ら幹を握って動かしながら、薄れる恐怖とは反対に激しい興奮に包まれていった。

「ね、麗子さんもその制服脱げるのかな……」

　図々しいついでに言うと、

「ええ、いいわ」

　麗子はすぐに答え、脱ぐ仕草もせず一瞬で一糸まとわぬ姿になってくれた。

「うわ、何て綺麗な……。事故の傷とかはないの……？」

　光二は、形良い乳房と白く滑(なめ)らかな肌を見ながら言った。

「全身打撲で、特に頭の損傷が激しくて即死だったけど、そのときの姿は見たくないでしょう？」

「う、うん……」

「だから私も、事故直前の姿で甦っているの」

「キ、キスしてくれる……？」

言うと、すぐ麗子も顔を寄せ、唇を触れ合わせてくれた。

もちろんファーストキスの感触も息の匂いも伝わらないが、間近に迫る顔でキスの臨場感は体験できた。

舌を伸ばすと、麗子も舌をからめるように動かしてくれ、その間も彼はペニスをしごき続けた。

「ね、顔に跨がって」

「ええ、恥ずかしいけど、私も見せてもらったのだから……」

せがむと麗子も身を起こし、言いながらそろそろと彼の顔に跨がってくれた。

和式トイレスタイルでしゃがみ込むと、白い内腿がムッチリと張り詰め、無垢な割れ目が鼻先に迫った。

（うわ、興奮する……！）

光二は真下からの眺めに激しく胸を高鳴らせた。

神聖な丘には楚々とした若草が煙り、割れ目からはピンクの花びらが僅かにはみ出している。

「ゆ、指で広げて」

言うと麗子も、羞恥と興奮に息を弾ませ、自ら指でグイッと割れ目を左右に広げてくれた。

「アア、恥ずかしいわ……」

麗子が声を震わせ、中身を丸見えにさせた。奥では処女の膣口が襞を入り組ませて息づき、ピンクの柔肉全体がヌラヌラと潤っている。ポツンとした小さな尿道口も確認でき、包皮の下からは小粒のクリトリスが、真珠色の光沢を放ってツンと突き立っていた。

舌を伸ばしてみたが、もちろん舐めることはできず匂いも味わえない。

さらに光二は尻の真下に潜り込み、双丘の谷間にある可憐な薄桃色の蕾も観察した。

舐めたり嗅いだりできないのは残念だが、見るだけでも彼の興奮は高まった。

「い、いきそう。添い寝して……」

言うと麗子もすぐに添い寝をしてくれ、光二は形良く張りのある乳房にも迫り、清らかな乳首を眺め、たまに目を上げて喘ぐ唇を見ながら、右手の動きを速めていった。

「ああ、気持ちいい……」

「私もよ……、すごくいい……」

高まった彼が言うと、麗子も息を弾ませて答えた。触れ合った部分が融合し、彼の感覚を麗子も得ているのだろう。

たちまち光二は美少女に添い寝されながら、大きな絶頂の快感に全身を貫かれた。

「い、いく……、アアッ……！」

「な、何ていい気持ち……、アアーッ……！」

彼が喘ぐと、麗子も一緒になってガクガクと全身を痙攣させた。

熱い大量のザーメンがドクンドクンと勢いよくほとばしり、溶けてしまいそうな快感に全身が波打った。

風俗体験もない彼にとっては、霊とはいえ女性に見られながら生まれて初めて射精したのである。

狂おしくしごきながら最後の一滴まで絞り尽くすと、彼はすっかり満足しながら徐々に動きを弱め、グッタリと身を投げ出していった。

そして、同じように放心状態になった麗子の顔を見ながら余韻を味わった。

「ああ、これが男の絶頂なのね……」

麗子が、彼から伝わって共有した快感を味わいながら言った。

「うん……」

「でも、すぐ済んでしまうのね。クリトリスをいじってイッた感じに似てるわ」

してみると、麗子も習慣的に自分で慰めていたのだろう。

「たぶん、挿入(そうにゅう)してイク快感は、男よりずっと大きいと思うよ……」

光二は呼吸を整えながら言ったが、挿入体験できない子に、まずいことをいってしまったと思った。

しかし、彼の思いを察したように麗子が答えたのだった。

3

「私が、女性に乗り移れば一緒に快感を味わえるわ」

麗子が言う。確かに、男の光二の快感を味わえたのだから、女性に憑依(ひょうい)すれば難なく絶頂を体験できることだろう。

「じゃ、香奈ちゃんに乗り移って操れば、僕とさせてくれるかな」

光二は願望を込めて言ったが、

「香奈はダメ」

すぐに麗子が首を横に振って答えた。

「え？　どうして？」

「仲良しだったけど、香奈は霊感が強すぎるから操れないと思うわ。もちろん香奈が光二さんを好きになって、自分の意思ですれば問題ないけど、私が憑依したらすぐ気づいて追い出されるわ」

麗子の言葉に、あの愛くるしい美少女が、そんなにも霊感が強いなんて光二には意外だった。

「だから、美保子さんなら大丈夫だわ。あれぐらい熟れていれば快感も大きいだろうし、難なく操れると思う」

「う、うん、美保子伯母さんを操ってほしい」

「でも……」

「でも何？」

「処女を喪う痛みが体験できないわ……」

麗子が言う。

やはり少女にとって性への憧れとは、初体験の痛みも含めて経験したいことなのだろう。

「なるほど……」

光二は答え、ようやく呼吸を整えると、ノロノロと身を起こしてティッシュを取り、飛び散ったザーメンと先端を拭き清めた。

そしてトランクスを穿くと、いつの間にか麗子もセーラー服姿に戻っていた。

「明日、美保子伯母さんと出かけるんだ。一緒に来られない？」

「ええ、光二さんに憑依すれば、もうどこでも行けると思うわ」

言うと麗子が答えた。死んでから今まで麗子は地縛霊として、この辺りにとどまっていたようだが、絶頂を共有したので、光二と一緒なら移動も可能になるのかもしれない。

「もし、家に帰りたいとか誰かに会いたいと思ったら、一緒に行くから言って」

「ええ、有難う。でも両親は、私を良い大学に入れることだけ考えていたし、特に会いたい友人もいないわ」

麗子が言った。確かに、彼女の両親は一人娘を失ったショックを乗り越えるためアメリカに移住したようだし、もう住んでいたマンションも人手に渡っていることだろう。

麗子の父親は商社マンで、母親は教育ママだったらしい。そして麗子も良い大学に合格したものの、卒業式の帰りに事故に遭ったのだ。

「じゃ、今夜は寝るね」

光二は言い、灯りを消して再び横になった。

本当なら、一晩に二度三度と射精するぐらい性欲は旺盛なのだが、明日は早いし、今夜は胸がいっぱいである。触れられない霊とはいえ、美少女と共に昇り詰めることができたのだ。

すると麗子も姿を消したので、あるいは外へ戻ったのだろう。

単独では、行動範囲もそう広くないようなので、あるいは石塀の下辺りが住み家になっているのかもしれない。

非現実的な体験と興奮の余韻で眠れないかとも思ったが、間もなく光二は深い眠りに落ちていったのだった……。

——翌朝、光二は肩を揺すられて目を覚ました。

「坊っちゃま、そろそろ起きて下さい」

香奈の、可憐な声が耳元に響いた。

薄目を開けると、すでに香奈は白い衣に緋袴という巫女の衣装になっていた。

長い黒髪を後ろで束ね、笑窪の浮かぶ愛くるしい顔が迫っていた。

「坊っちゃま」

「う、うん……」

美少女の囁きに含まれる、甘酸っぱい果実臭を感じながら、彼はむずがるように薄掛けを剝いだ。すると朝立ちの勢いもあり、トランクスの股間が激しくテントを張っていた。

「まあ……」

香奈がそれを見て息を吞む。桃を食べたような甘酸っぱい吐息とともに、甘ったるい体臭が鼻腔を刺激してきた。

「あ、ごめん……」

ようやく光二も完全に目を覚まし、股間を押さえてノロノロと身を起こした。

見ると香奈の、笑窪の浮かぶ頰が水蜜桃のように上気していた。

もちろん普段は誰かが起こしに来るようなことはないが、今朝は母屋で朝食を取り、美保子と一緒に出かける予定なのだ。

それで彼が遅いので、香奈が合い鍵を借りて起こしにきたのだろう。

時計を見ると、まだ朝の七時過ぎだ。

「すぐ行くので」

「ええ……」

「それより香奈ちゃん、その坊っちゃまというのは何とかならないかな」

「だって、そう言うのが一番しっくりくるんです」

言うと香奈が頰(ほほ)を染めて答えた。

最初から彼女は、何となく光二に好意を持っている風だったが、単に女子高を出て若い男が物珍しいだけかもしれない。

「それより坊っちゃま、誰かこの部屋に来ませんでしたか？」

と、香奈が言い、室内を見回しはじめたのだ。まさか、麗子の霊が来たことを感じ取ったのだろうか。

「誰も来たりしないよ。ああ、ゆうべ美保子伯母さんが今日のことを言いに来ただけだよ」

「そう……」

香奈は答え、光二は激しい勃起がおさまらなかった。

「ね、嫌でなかったら、ほんの五分だけ添い寝して……」

半分寝ぼけたふりをして、甘えるように言いながら彼女の体を引き寄せると、

「あん……」

香奈は小さく声を洩らし、それほど嫌ではないように添い寝してくれたのだ。

光二は腕枕してもらい、可憐な顔を近々と見上げた。

桃色に染まった頰に笑窪が浮かび、ぷっくりした唇が僅かに開き、ぬらりと光沢ある歯並びが覗いている。

「何て綺麗な顔……」

「そんな……」

思わず言うと、香奈が嘆息混じりに言った。鼻と口から生温かな息が洩れ、彼が鼻腔を湿らせながら嗅ぐと、さらに甘酸っぱい濃厚な果実臭が悩ましく胸に沁み込んできた。

「いい匂い……、ね、巫女さんは処女でないといけないの?」

「今はそんなことないけど……」

「香奈ちゃんは、体験はまだ?」

「ええ……」

「キスしたこともない？」

「ええ……」

「僕がファーストキスを奪ってもいい？　僕も初めてだけど」

光二は大胆にせがんでしまった。

昨夜、麗子と会ったことで、女子と話す度胸が付いたのだろう。しかも霊と話し、キスの真似事までして絶頂を得たのだし、香奈は霊能力が強いとはいえ生身の人間である。

「私のことが好き……？」

香奈がモジモジと訊いてきた。そう、単に求めるのではなく、好きと言うのが順序なのだろう。

「うん、好きだよ。最初に会ったときからすごく」

「そう、それならいいわ……」

香奈が答えたので顔を引き寄せると、彼女も屈み込み、やがてピッタリと唇が重なり合った。

（ああ、とうとうキスを体験したんだ……）

光二は感激と興奮に包まれた。

密着する美少女の唇は、グミ感覚の弾力と唾液の湿り気が感じられ、彼女の鼻から洩れる息が心地よく鼻腔を湿らせた。

やはり体が透けてしまい触れられない麗子との行為とは違い、匂いも感触も充分すぎるほど伝わってきた。

光二はそろそろと舌を伸ばし、美少女の滑らかな歯並びを舐めた。

4

「ンン……」

香奈が小さく呻き、それでも嫌がらず歯を開き、光二の舌の侵入を許してくれた。彼は生温かな唾液に濡れて蠢く舌を舐め回し、間近に迫る美少女の顔を観察した。

香奈は長い睫毛を伏せ、窓から射す朝日に水蜜桃のような頬の産毛が輝いていた。執拗に舌をからめると、彼女の舌もチロチロと滑らかに蠢き、光二は清らかな唾液に酔いしれた。

「ああ、もうダメ……」

息苦しくなったように香奈が口を離して言い、唾液が細く糸を引いたがすぐに切れた。

光二は美少女の吐息を嗅ぎながら、もう我慢できずトランクスを下ろし、ピンピンに勃起したペニスを露わにしてしまった。

「こんなに硬くなっちゃった……」

甘えるように言うと、香奈も熱い視線を向けてきた。

「すごい……、こんなになると、出さないと落ち着かないのでしょう……？」

彼女が息を呑んで言う。どうやら女子高でも、女の子同士で際どい話をして、ある程度の知識は持っているのだろう。

「指でしてくれる……？」

幹をヒクつかせてせがむと、香奈も彼に腕枕したまま手を伸ばし、恐る恐る触れてくれた。

キスも愛撫もすんなりしてくれるので、もしかしたら麗子が操っているのではと思ったが、ここは素直に香奈の好意だと受け止めることにした。

いったん触れてしまうと、香奈も度胸が付いたようで張り詰めた亀頭を撫で、生温かく汗ばんだ手のひらでやんわりと包み込んでくれた。

「ああ、気持ちいい。もっと動かして……」

光二が言うと、香奈もニギニギと愛撫してくれ、感じるたび彼自身が美少女の手の中でヒクヒクと脈打った。

もちろん口でしてもらいたいが、処女にしゃぶらせるのは酷だろう。

「ね、香奈ちゃんのアソコも見てみたい……」

「ダメです。美保子さんが待っているから」

言うと香奈が愛撫しながら答えた。してみると、時間があれば大丈夫なのだろうと、彼は今後への期待に胸を高鳴らせた。

それにそろそろ母屋へ行かなければならないので、ここは香奈の指で果てさせてもらうのが良いだろう。

「ね、唾を垂らして。いっぱい飲みたい……」

言うと香奈も素直に顔を寄せ、愛らしい唇をすぼめて迫ってくれた。

そして白っぽく小泡の多い唾液をクチュッと吐き出してくれ、彼はそれを舌に受けて味わい、うっとりと喉（のど）を潤した。

「ああ、何て美味しい。この世で一番清らかな液体……」

光二がすっかり高まって言うと、香奈は不思議そうに彼の顔を覗き込み、愛撫がおざなりになったので、幹をヒクつかせると再びニギニギしてくれた。

「い、いきそう……、キスして……」

声を震わせて言うと、香奈も上からピッタリと唇を重ねてくれ、今度は自分から舌をからめ、指の動きを強めた。

光二は、清らかな巫女の唾液と吐息に酔いしれながら、指の愛撫に激しく昇り詰めてしまった。

「く……！」

大きな絶頂の快感に呻きながらガクガクと身を震わせ、彼が熱い大量のザーメンをドクンドクンと勢いよくほとばしらせると、香奈が口を離してペニスを見守った。

「すごい勢い……」

香奈が嘆息混じりに言い、出なくなるまで指を動かしてくれた。

「ああ、気持ちいい……」

光二が喘ぎ、最後の一滴まで出し尽くしてグッタリと身を投げ出すと、ようやく香奈も愛撫を止め、身を起こして枕元のティッシュを引き寄せた。

そして飛び散ったザーメンと、濡れた指を拭いてから少し嗅ぎ、

「生臭いわ。これが生きた精子なのね……」

香奈が呟いた。

光二が余韻に浸って呼吸を整えていると、香奈は洗面所で手を洗い、

「じゃ、早く来て下さいね」

そう言い、静かに離れを出ていったのだった。

光二の心の中は悦びでいっぱいだった。可憐な香奈との仲が、急速に進展したのである。これも、昨夜麗子に会ったことが、大いなる切っ掛けになっているのだろう。

ようやく光二もノロノロと身を起こし、立ち上がって手早く身繕いをした。

ふと気づくと、窓の下にセーラー服姿の麗子が座っているではないか。

（ああ、やはりゆうべのことは夢じゃなかったんだ……）

そう思いながら麗子を見ると、特に彼女は嫉妬している様子もなく笑みを含んでいた。

「やっぱり香奈には近づけないわ。すぐ祓われてしまいそう……」

「いっそ正直に言えば、香奈ちゃんも受け入れてくれるんじゃないかな」

言われて、光二は答えた。

「ええ、香奈がもっと快感に目覚めれば、私のことも同情して憑依させてくれるかも。もう少し時期を見るわ」

麗子が答えると、

「うん、じゃ行くね」

光二は言い、離れを出て母屋へと入って行った。

食堂では、美保子が朝食の仕度を調えていた。もう伯父の孝一郎と香奈は食事を済ませ、本殿のほうへ行っているらしい。

「おはようございます。済みません、寝坊して」

「ううん、いいのよ。夏休みに入ったのだから」

美保子が飯をよそってくれ、光二は干物と味噌汁の朝食をとった。

普段は気を遣うので、離れでインスタント食品の食事を済ませるが、さすがに炊きたての飯は旨かった。

やがて食事を終えると彼はいったん離れへ戻り、トイレと歯磨きを済ませると外の駐車場へ出た。

孝一郎と香奈に挨拶し、美保子が車の運転席に入ると光二も助手席に乗った。

「じゃ、行ってきます」

美保子が二人に言い、車をスタートさせた。祖父の浩介が入っている施設へはここから車で十分余りの場所にある。

ふと彼が後部シートを振り返ると、セーラー服の麗子が乗っていて、彼と手をつなぐように手を伸ばしていた。体が触れ合っていれば、光二と一緒にどこへでも行かれるのだろう。

「後ろに何かある？」

「い、いえ、何でもないです」

美保子に言われ、光二は答えながら前に向き直った。

あらためて、伯母の美しい横顔と巨乳、漂う甘い匂いを感じながら、さっき香奈の指で抜いたばかりというのに股間を疼かせた。

「じいちゃん、そんなに具合が悪いの？」

「ううん、多分いつもの発作だと思うわ。でも誰かに会いたくなると、具合の悪いふりをするだけかも。担当の職員は、ボケ老人じゃなくトボケ老人なんて言ってるわ」

美保子が鮮やかなハンドルさばきで言うと、二人で笑い合った。

すると後ろの麗子まで笑っていた。もちろん麗子の姿は光二以外には見えないし、声も聞こえないのだろう。

祖母は、もう数年前に他界し、浩介も神社を孝一郎に任せているので、ノンビリ療養しているようだ。

やがて施設の駐車場に車を停めると、二人は一緒に建物に入った。

そして職員に案内され、奥にある個室に入ると、ベッドに半身起こして浩介が読みかけの本を閉じてこちらを見た。

「おお、来てくれたか。光二も」

七十五歳になる浩介は、やや肥満気味の坊主頭で丸メガネをかけている。

「お義父さん、元気そうだわ。昨夜具合が悪いって職員から電話があったのに」

美保子が言い、持ってきた菓子を出して茶を入れると、光二も椅子に掛けた。

「ああ、頭がはっきりしているうちに、言っておくことがあるからな」

浩介が茶をすすって言い、光二に顔を向けた。

「実は、光二に頼みがあってな」

「うん、何？」

「神社の跡継ぎとして、お前を養子にもらいたいのだ。異存がなければ、孝一郎と静岡の清水家にも言う」

「え……」

言われて光二は驚いた。

確かに伯父伯母には子がいないし、光二は次男坊だ。それに光二の父も、静岡で旅館をしている母の清水家へ養子に入ったのである。

もし光二が篠原家へ養子に入れば、父の旧姓に戻ることになる。

「考えておいてくれ。それから香奈を嫁にしてくれれば、夫婦養子ということにする」

浩介に言われると、光二の胸がドキリと高鳴った。あの美少女を妻にできれば言うことはないし、今朝の進展ぶりでは充分に可能だろう。

「お義父さん、まだ二人は二十歳前なんですよ」

美保子が苦笑し、窘（たしな）めるように言う。

「ああ、だから口約束だけで良い。そうすれば儂（わし）も安心だからな」

浩介は言い、美保子が持ってきた最中を頬張った。

「で、でもじいちゃん、僕は神官になるような勉強は……」

「ああ、神社のことは香奈に任せれば良い。お前は大学を出て何でも好きな道に進めば良いのだ」

浩介は、篠原の名だけ継いでくれれば良いのだろう。

光二も、急に気が楽になった。

職業はともかく、自分の行く末が決まるというのは悪いことではない。

それに養子に入れば、この美しい美保子が義母になるのである。

それもドキドキする甘美な状況だった。

あとは、どうせ香奈を妻にするなら急いで攻略しなくても良いだろう。この先は長いのだから、性急に事を進めて飽きてしまうといけない。

光二は、そんなことばかりに思いを馳せてしまったのだった。

5

「ごめんなさいね、驚いたでしょう」

帰りの車の中で、美保子が光二に言った。

「ええ、でも悪い話じゃないです。父も自分が養子だから反対しないだろうし。でも伯母さんは、前からじいちゃんの気持ちを知ってたんですか？」

「ええ、つい先日、香奈ちゃんとお見舞いに行ったとき、話していたわ」

光二が訊くと、美保子が答えた。

「香奈ちゃんも、じいちゃんの思いを知っていたんだ……」

「ええ、香奈ちゃんも光二さんのことを、優しくて良い人だって言ってたからお義父さんもすっかりその気になったみたい。だから光二さんも頭の隅に入れておいてくれればいいわ。どうせ具体的なことはまだ先だし、気持ちが変わっても全然構わないので」

美保子が言う。

それで香奈も、光二による今朝の淫らな要求をすんなりときいてくれたのだろう。もちろん香奈も、麗子のように性の快楽への絶大な好奇心があるに違いない。

その麗子は、今も後部シートに座っていたが、やがて身を起こすと運転席にいる美保子の体の中へスウッと入っていったのである。

「あ……」

美保子が、違和感に小さく声を洩らした。

「どうしました？」

「ううん、何でもないわ」

訊いたが、すぐに美保子は平静を取り戻した。

そして少し黙っていたが、やがて意を決したように口を開いた。

「あの、少し寄りたいところがあるのだけど……」

「ええ、いいですよ。どうせ今日は何の予定もないし」

光二が答えると、美保子はハンドルを切り、大通りから逸れていった。

そして少し走ると、何と彼方にラブホテルが見えてきたのである。

場所は神社と施設の中間だから、前から彼女もそこにラブホテルがあることは知っていたのだろう。

(うわ、美保子伯母さんとエッチできるんだ……)

光二は激しい期待に胸を弾ませ、痛いほど股間を突っ張らせた。

早速、麗子が美保子の心身を操りはじめたのだろう。

美保子は緊張に頬を強ばらせながらも、注意して運転をし、ラブホテルの地下駐車場に車を乗り入れた。

「ここへ入るわ。お願いだから嫌がらないで……」

「え、ええ……」

美保子が思い詰めたように言い、彼も頷くと一緒に車を出た。

エレベーターに乗り、美保子は壁の表示を確認しながらフロントのある二階のボタンを押した。

彼女も入るのは初めてのようだった。

美保子は相当に緊張しているように青ざめ、やがて二階で降りると空室のパネルを見回して、少し迷いながらボタンを押し、フロントで金を払って鍵を受け取った。

再び二人は言葉少なにエレベーターに乗り、五階まで上がった。

そして点滅したランプの部屋と鍵の番号を見てから中に入り、彼も靴を脱いで上がり込んだ。

もちろん光二も、こうした場所に来るのは初めてのことだ。

郊外のせいか部屋は広く、ダブルベッドにテーブルにソファ、大型テレビにカラオケセット、販売機やポットなどがあった。

他の部屋も見てみると、トイレと広いバスルームだ。

「あの、せっかくだから僕、シャワーを浴びますね」

美保子に言うと、彼女はソファに力なく座り、室内を見回していた。

光二は脱衣所に戻り、手早く全裸になってバスルームに入った。

そしてボディソープで腋や股間を擦り、気が急く思いで忙しげに歯を磨きながらシャワーの湯を浴び、勃起しているので苦労しながらチョロチョロと放尿まで済ませた。

最短時間で綺麗さっぱりし、身体を拭くとバスタオルを腰に巻き、脱いだものを抱えながら部屋に戻ると、美保子も立ち上がった。

「あ、伯母さんはそのままで……」

「だって、私もシャワーを浴びないと……」

入れ替わりに部屋を出ようとする美保子を引き留めて言うと、彼女はモジモジと答えた。

最後の入浴は昨夜だろう。もちろん光二は、憧れの美しい伯母のナマの匂いを知りたいので、シャワーなど浴びさせる気はない。

「もう待てないんです」

「でも朝から動き回って汗かいてるし……」

「シャワーは後回しにしましょう」

光二は言い、脱いだ服を置き、彼女のブラウスのボタンに手をかけた。その拍子に腰のバスタオルが落ち、激しく勃起したペニスがバネ仕掛けのようにぶるんと急角度にそそり立った。

「まあ、こんなに……」

それを見た途端、ようやく美保子も淫らなスイッチが入ったように嘆息し、彼女こそ待ちきれないように自分でボタンを外しはじめた。

彼女が脱ぎはじめると光二は安心し、布団をめくってベッドに横になり、見る見る白い熟れ肌を露わにしていく様子を眺めた。

美保子も脱ぎはじめるとためらいなく、ブラウスとスカートを脱ぎ、彼に背を向けてブラを外し、パンストを下ろしていった。

そして最後の一枚を脱いでいくと、彼のほうに白く豊満な尻が突き出され、その眺めだけで彼は危うく暴発しそうになってしまった。

とうとう光二にとっての義理の伯母、しかも未来の義母（はは）になるかもしれない美熟女が、一糸まとわぬ姿になったのだ。

美保子自身、急激な淫気の高まりに戸惑っているのだろう。

いや、あるいは麗子が憑依しなくても、四十歳を目前にし、快楽を知った熟れ肌は若い男を求めているのかもしれない。

どうせ真面目一徹の孝一郎とは、もう最近は夫婦生活など疎（うと）くなっているのではないか。

やがて全裸になった美保子が胸を隠して恐る恐る振り返り、

「明るすぎるわ……」

かすれるように小さく言ったので、光二は腹這いになって枕元のパネルを操作した。そして観察できる程度の明るさに照明を落とすと、美保子も彼の隣に身を横たえてきた。

「ああ、どうしてこんな気持ちになったのかしら……」

美保子が声を震わせて言い、生ぬるく甘ったるい匂いを漂わせた。

「こうして……」

光二も堪(たま)らずに言い、彼女の腕をくぐり、甘えるように腕枕してもらった。

美保子が胸から手を離すと、彼の目の前に何とも豊かに息づく巨乳が迫った。

(何て大きい……)

光二は感激と興奮に目を見張って思い、我慢できずチュッと乳首に吸い付いていった。

「あう……」

美保子がビクリと肌を強ばらせて呻いた。

胸の谷間がほんのり汗ばみ、腋からも生ぬるく濃厚に甘ったるい汗の匂いが漂ってきた。

　光二は夢中で乳首を吸い、舌で転がしながら顔中で巨乳の感触を味わい、もう片方の膨らみに手を這い回らせた。美保子は熱く息を弾ませながら、じっとしていられないようにクネクネと身悶(みもだ)えはじめたのだった。

第二章　美熟女の悩ましき匂い

1

「ああ……、光二さん、気持ちいい……」

美保子が熱く喘ぎ、熟れ肌をくねらせながら仰向けの受け身体勢になった。

光二ものしかかり、左右の乳首を交互に含んで舐め回しては、巨乳に顔中を密着させた。

そして充分に両の乳首を味わうと、美保子の腕を差し上げ、腋の下に鼻を埋め込んでいった。

とうとう生身の女体を自由にするときが来たのだ。

しかも相手は憧れの伯母だ。

本当は手ほどきされたかったが、何しろ美保子が放心したように身を投げ出しているので、好きに全身を探検することにした。

腋の下はスベスベだが生ぬるくジットリ湿り、鼻を擦りつけて嗅ぐと、何とも甘ったるい濃厚な汗の匂いが胸を満たしてきた。

光二は興奮を高めながら充分に嗅いで熟れた体臭に噎せ返り、さらに滑らかな熟れ肌を舐め下りていった。

透けるように色白で、彼は形良い臍を探り、ピンと張り詰めた下腹に顔を埋め込んで弾力を味わった。

しかし股間は後回しにすることにし、彼は美保子の豊満な腰のラインから脚を舐め下りていった。

何しろ肝心な部分を目の当たりにしたら、舐めたり嗅いだりして、すぐにも挿入したくなり、あっという間に終わってしまうだろう。

せっかく美保子が身を投げ出しているのだから、初めての女体を隅々まで味わって観察し、股間は最後の最後で良いと思った。

スベスベの脚を舐め下りて足首までいくと、彼は足裏に回り込んで踵から土踏まずにも舌を這わせた。

美保子は半分失神したようにグッタリとなり、たまにピクンと反応するだけで何をされているかも分かっていないようである。

光二は形良く揃った足指の間に鼻を押しつけると、指の股は汗と脂に生ぬるく湿り、蒸れた匂いが沁み付いて鼻腔が刺激された。

(ああ、これが伯母さんの足の匂い……)

光二は感激と興奮に匂いを貪り、爪先にしゃぶり付いて順々に指の股に舌を割り込ませて味わった。

「あう、何をするの、汚いのに……」

さすがに美保子も我に返ったように呻いたが、拒んで突き放すようなことはしなかった。

光二はしゃぶり尽くすと、もう片方の爪先も味と匂いが薄れるほど貪り、ようやく顔を上げた。

「ね、うつ伏せになって」

言って足首を摑んで持ち上げると、美保子も素直にゴロリと寝返りを打ち、うつ伏せになってくれた。

彼は再び屈み込み、彼女の踵からアキレス腱、脹ら脛から汗ばんだヒカガミ、滑らかな太腿から尻の丸みを舐め上げていった。

もちろん尻の谷間は後回しで、彼は腰から背中を舐め上げた。

滑らかな背中は淡い汗の味がし、特にブラのホック痕からは甘い匂いが感じられた。

「ああ……」

背中は感じるのか、美保子は顔を伏せたまま熱く喘いだ。

光二は念入りに舌を這わせて肩までいき、髪に鼻を埋めて嗅ぎ、搔き分けながら耳の裏側の湿り気も嗅ぎ、舌を這わせた。

そして再びうなじから背中を舐め下り、たまに脇腹にも寄り道して熟れ肌の感触を味わい、白く豊満な尻に戻ってきた。

彼はうつ伏せのまま美保子の脚を開かせ、間に腹這いになり尻に迫った。

指でムッチリと谷間を広げると、何やら焼きたての巨大なパンでも二つにするような感触が伝わった。

開かれた谷間の奥には、薄桃色の蕾がひっそり閉じられ、何て美しいのだろうと思いながら、彼は吸い寄せられるように鼻を押しつけていった。

顔中に弾力ある双丘が密着し、蕾に籠もる蒸れた匂いを貪ってから、彼はチロチロと舌を這わせた。

細かに収縮する襞を濡らすと、中にまでヌルッと潜り込ませた。

「あう、ダメ……」

美保子が驚いたように呻き、キュッときつく肛門で舌先を締め付けてきた。

光二が滑らかな粘膜を探ると、微かに甘苦い味覚が感じられた。

そして舌を出し入れさせるように動かすと、

「も、もう止めて、変になりそうよ……」

美保子が言い、尻への刺激を避けるように再び寝返りを打ってきた。

彼も片方の脚をくぐり、仰向けになった美保子の股間に迫った。

白くムッチリと量感ある内腿を舐め上げ、ドキドキしながら割れ目を観察すると、ふっくらした丘には黒々と艶のある茂みが密集し、下のほうは愛液の雫を宿していた。

肉づきが良く丸みを帯びた割れ目からは、ヌラヌラと潤う花びらがはみ出し、彼はそっと指を当てて陰唇を左右に広げた。

中も綺麗なピンクの柔肉で愛液が溢れ、奥には花弁状に襞の入り組む膣口が妖しく息づいていた。

とうとう女体の神秘の部分に到達したのだ。

やはり昨夜見た麗子の無垢な割れ目とは異なり、大人の熟れた感じがあった。

包皮の下からは、小指の先ほどのクリトリスが真珠色の光沢を放ち、愛撫を待つようにツンと突き立っていた。

もう我慢できず、光二は顔を埋め込んでいった。

柔らかな恥毛に鼻を擦りつけて嗅ぐと、隅々に籠もって蒸れた汗とオシッコの匂いが悩ましく鼻腔を刺激してきた。

(ああ、大人の女の匂い……)

光二は感激と興奮の中で嗅ぎまくった。

このナマの匂いが知りたかったのだから、やはりシャワーなど浴びさせなくて大正解である。

「いい匂い」

「あう……！」

嗅ぎながら思わず言うと、美保子が反応して呻き、キュッときつく内腿で彼の両頬を挟み付けてきた。

彼は鼻腔を満たしながら舌を這わせ、陰唇の内側を舐め回した。

クチュクチュと膣口の襞を掻き回すと、ヌメリは淡い酸味を含んで舌の動きを滑らかにさせた。

味わいながら柔肉をたどり、ゆっくりクリトリスまで舐め上げていくと、

「アアッ……！」

美保子がビクッと顔を仰け反らせて喘ぎ、内腿の締め付けを強めてきた。

やはりこの小さな突起が最も感じるのだろう。

舐めていると愛液の量が増し、目を上げると白い下腹がヒクヒクと波打ち、巨乳の間から色っぽく仰け反る顔が見えた。

潤いを舌で掬い取っては味と匂いを堪能し、彼はクリトリスに吸い付きながら指を膣口にあてがい、ゆっくり押し込んでみた。

指はヌルヌルッと滑らかに根元まで吸い込まれ、熱く濡れた内部には心地よさそうなヒダヒダがあった。ここにペニスを入れたら、あっという間に果ててしまうことだろう。

そして彼が指を出し入れさせ、内壁を摩擦し、天井の膨らみも指の腹で圧迫しながらクリトリスを舐め続けると、

「も、もうダメよ、いきそう……！」

美保子が切羽詰まった声を上げ、半身を起こして彼の顔を股間から追い出しにかかったのだ。

果てるのを避けるというより、やはり一つになりたいのだろう。

光二も素直に股間から這い出し、横になっていった。

すると美保子が移動し、大股開きにさせた彼の真ん中に腹這いになり、白く美しい顔を股間に迫らせてきたのだ。

そして美保子は意外にも彼の両脚を浮かせると、尻の谷間に舌を這わせてきたのである。

自分がされて気持ち良かったので、同じようにしてくれるのだろう。

彼女は舌先でチロチロと肛門を舐めてから、ヌルッと潜り込ませた。

「あう、気持ちいい……」

光二は妖しい快感に呻き、味わうようにモグモグと肛門で美保子の舌先を締め付けた。彼女も中で舌を蠢かせ、熱い鼻息で陰嚢をくすぐった。

ようやく舌を引き離すと、彼女は脚を下ろしながら、

「ずるいわ、自分だけシャワーを浴びて……」

詰るように言い、鼻先にある陰嚢にしゃぶり付いてきた。

「ああ……」

ここも、オナニーでは触れないが意外に感じる場所で、光二は熱く喘いだ。

美保子は鼻息で幹の裏側をくすぐりながら、二つの睾丸を舌で転がした。
そして袋全体を生温かな唾液にまみれさせると、前進して肉棒の裏側をゆっく
り舐め上げてきたのだ。
滑らかな舌が裏筋を通って先端までくると、美保子は小指を立てた指を幹に添
え、粘液の滲(にじ)む尿道口をチロチロと舐め回し、張り詰めた亀頭をしゃぶり、丸く
開いた口でスッポリと呑み込んでくれた。

2

「ああ、気持ちいい、いきそう……」
光二は喘ぎ、温かく濡れた美保子の口腔に根元まで含まれ、懸命に肛門を締め
付けて暴発を堪えた。
美保子もソフトな愛撫に切り替え、幹を締め付けて吸い、熱い鼻息で恥毛をそ
よがせながらクチュクチュと舌をからめた。
たちまち彼自身は、生温かな唾液にどっぷりと浸(ひた)って震えた。
「も、もう……」

　いよいよ限界が迫ったので、彼が降参するように腰をよじって言うと、ようやく美保子もスポンと口を離してくれた。

「入れたいわ」

「ええ、僕は初めてなので、伯母さんが上から跨いで入れて下さい」

　彼は美保子に答えた。年上女性との初体験は、女上位で組み伏せられるのが憧れだったのだ。

「上なんて初めてよ……」

　彼女は答えながらも前進し、彼の股間に跨がってくれた。

　そして幹に指を添え、ぎこちなく先端に割れ目を押し当ててきた。自らも指で陰唇を広げて位置を定めると、やがて息を詰め、感触を味わうようにゆっくり腰を沈み込ませてきた。

　張り詰めた亀頭が潜り込むと、あとは潤いと重みでヌルヌルッと滑らかに根元まで呑み込まれた。

「アアッ……、いいわ、奥まで届く……！」

　完全に座り込み、ピッタリ股間を密着させると、美保子は顔を仰け反らせて喘ぎ、巨乳を揺すって悶えた。

光二も肉襞の摩擦と潤い、温もりと締め付けに包まれながら必死に暴発を堪えながら、初体験の感激に浸っていた。

動かなくても、息づくような収縮に激しく高まり、そして何よりも女体と一つになった悦びが大きかった。

美保子も何度か股間をグリグリと擦りつけるように動かし、若いペニスを味わってから、ゆっくりと身を重ねてきた。

彼が下から両手を回して抱き留めると、胸に巨乳が密着して心地よく弾んだ。

そして無意識に膝(ひざ)を立て、豊満な尻を支えた。

すると美保子が顔を迫らせ、上からピッタリと唇を重ねてきたのだ。

光二も感触を味わい、息で鼻腔を湿らせながら舌を伸ばすと、彼女もヌラヌラとからめてくれた。

互いの局部を舐め合った、最後の最後にキスするというのも乙なものである。

美保子の舌は長く、彼の口の中を慈しむように隅々まで舐め回してくれた。

彼女が下向きなので、温かな唾液が否応なく口に注がれ、光二はうっとりと味わいながら喉を潤した。

やがて美保子が徐々に腰を動かしはじめ、彼も下からズンズンと合わせて股間を突き上げはじめていった。

あまりの心地よさに動きが止まらなくなり、次第にリズムが一致すると二人の接点からピチャクチャと淫らに湿った摩擦音が聞こえてきた。

「アア……、いい気持ちよ、すごく……」

美保子が口を離し、淫らに唾液の糸を引きながら喘いだ。

口から吐き出される熱い息は白粉のような甘い刺激を含み、悩ましく彼の鼻腔を掻き回してきた。

その匂いに夢中になり、彼は美保子の顔を引き寄せ、喘ぐ口に鼻を押し込むと胸いっぱいに美女の吐息を嗅いだ。

そして急激に絶頂が迫ってくると、彼の頭の中に声が響いてきたのだ。

『すごくいいわ。こんなに気持ち良いものだなんて……』

まさしく美保子の中にいる麗子の声である。

しかも麗子は、美保子の熟れた肉体の得る快感ばかりでなく、同時に彼の快感も同時に味わっているのだろう。

その麗子の高まりが伝わっているのか、美保子の収縮と潤いも活発になって身悶えが激しくなった。

光二も堪らず、激しく股間を突き上げながら昇り詰めてしまった。

「い、いく……、気持ちいい……！」

彼が口走り、熱いザーメンをドクンドクンと勢いよくほとばしらせると、

「あ、熱いわ、もっと……、アアーッ……！」

奥深くに噴出を感じた途端、美保子もオルガスムスのスイッチが入ったように声を上ずらせ、ガクガクと狂おしい痙攣を開始したのだった。

「ああ、すごい……」

光二は膣内の収縮に巻き込まれ、揉みくちゃにされながら喘ぎ、心置きなく最後の一滴まで出し尽くしてしまった。

すっかり満足しながら、徐々に突き上げを弱めていくと、

「アア……、溶けてしまいそう……、こんなに感じたの初めて……」

美保子も声を洩らし、熟れ肌の強ばりを解きながらグッタリともたれかかってきた。

やがて互いに重なったまま完全に動きを止めたが、まだ膣内は名残惜しげな収縮が繰り返され、刺激されるたび射精直後のペニスが中でヒクヒクと過敏に跳ね上がった。

「あう、もう暴れないで……」

美保子も敏感になっているように呻き、幹の震えを押さえるようにキュッときつく締め上げた。

そして光二は美熟女の重みと温もりを受け止め、熱く湿り気ある白粉臭の吐息を嗅ぎながら、うっとりと快感の余韻に浸り込んでいったのだった。

「ああ、とうとうしてしまったわ、甥っ子と……」

美保子が呼吸を整えながら、嘆息するように呟いたが、後悔の様子はないので彼も安心した。

『最初から、美保子さんはあなたを欲しがっていたわ。ただ慎み深いので、私が乗り移って切っ掛けを与えたのよ……』

麗子も息を弾ませて余韻に浸りながら、彼の頭の中に語りかけてきた。麗子も美保子の中に入り込んだため、彼女の心根が読み取れたのだろう。

二人でようやく呼吸を整えると、美保子がそろそろと身を起こして股間を引き離した。

「もう浴びてもいいわね？」

美保子は言い、ティッシュの処理を省略してベッドを降りた。

彼も起き上がり、一緒にバスルームに入って行った。

シャワーの湯を浴びて二人で股間を洗うと、湯を弾くように脂の乗った熟れ肌を見ているうち、すぐにも彼自身はムクムクと回復していった。

やはり初回は夢中すぎたので、二回目にじっくり味わいたいのである。

「また勃(た)っちゃった……」

甘えるように言いながら、ペニスを突き出してヒクヒクさせると、

「まあ、もう私は充分過ぎるわ。もう一回したら帰れなくなるので……」

美保子は答え、そっと亀頭を撫でてくれた。

「指とお口で良ければしして上げるわ」

「ええ、お願いします。その前に、こうして」

彼は床に座ったまま言い、目の前に美保子を立たせた。そして片方の足を浮かせてバスタブのふちに乗せ、開いた股間に顔を埋めた。

「どうするの……」

「オシッコ出してみて……」

自分の恥ずかしい言葉に、ペニスは完全に元の硬さと大きさを取り戻した。

やはり以前から彼は、美女の出したものを味わいたい願望があったのだ。

「まあ、無理よ、そんなこと……」

「少しでいいから」

彼は豊満な腰を抱え込み、湯に濡れた茂みに鼻を埋めた。洗い流したため濃厚だった匂いは消えてしまったが、舐めると新たな愛液が溢れ、ヌラヌラと舌の動きが滑らかになった。

「アア……、ダメよ、吸ったら本当に出ちゃいそう……」

美保子が声を震わせて言った。あるいは彼女の中にいる麗子が、光二の思い通りに操ってくれているのかもしれない。

舐めているうち美保子の膝がガクガクと震え、麗子に操作されながら下腹に力を入れて尿意を高めはじめたようだ。

そして割れ目内部の柔肉が迫り出すように盛り上がると同時に、味わいと温もりが変化した。

「あう、出るわ、離れて……、アア……」

美保子が声を震わせると、すぐにもチョロチョロと熱い流れが彼の口にほとばしってきた。

舌に受け止めると、味も匂いも淡く上品で、薄めた桜湯のようだった。

少し飲んでみると抵抗がなく、むしろ美女の出たものを取り入れる悦びが全身に広がっていった。

あとは喉を鳴らして飲み込みはじめたが、勢いが付くと口から溢れた分が温かく肌を伝い流れ、回復したペニスが心地よく浸された。

「アア……、こんなことするなんて……」

美保子がゆるゆると放尿しながら喘ぎ、やがて勢いが衰えると完全に流れがおさまってしまった。

光二は余りの雫をすすり、残り香の中で割れ目内部を舐め回した。

すると、すぐにも淡い酸味のヌメリが満ちてきたのだった。

3

「も、もうダメよ、変になりそう……」

美保子が言って光二の顔を股間から引き離すと、足を下ろして力尽きたようにクタクタと椅子に座り込んだ。

光二はもう一度互いの全身にシャワーの湯を浴びせると、美保子を支えながら立たせて身体を拭いた。

　そしてバスルームを出ると、全裸のままベッドに戻って添い寝し、美保子も自分からペニスを指で愛撫してくれた。

「すごいわ、何度でもできそうね……」

　揉みながら囁き、彼も舌をからめて美熟女の唾液と吐息を好きなだけ吸収しながら高まっていった。

「いきそう……、お口でして……」

　光二が言うと、美保子もすぐに身を起こし、ペニスに顔を迫らせてきた。

「オッパイに挟んで……」

　さらにせがむと美保子は膨らみをペニスに擦りつけ、巨乳の谷間に挟んで揉んでくれた。

　肌の温もりと柔らかな膨らみが心地よく、美保子もパイズリをしながら舌を先端に這わせ、亀頭を含んでくれた。

「こっちを跨いで」

　さらにせがんで美保子の下半身を引き寄せると、彼女も先端にしゃぶり付きながら、シックスナインの体勢で彼の顔を跨いでくれた。

下から腰を抱き寄せると、さっき舐めたときとは逆向きの割れ目が迫った。

亀頭をしゃぶられながらクリトリスをチロチロと舐めると、目の上でピンクの肛門が可憐に収縮した。

「あう、ダメ、集中できないわ……」

互いの最も感じる部分を舐め合っていたが、美保子が口を離して言った。

「うん、じゃ見るだけにするね」

彼も口を離し、目の前に迫る割れ目に視線を注いだ。

すると美保子も再び亀頭をしゃぶったが、彼の視線を意識してか、触れていないのに新たな愛液が溢れ、とうとうツツーッと糸を引いて滴(したた)ってきたので彼は舌に受けて味わった。

『見られながら、すごく感じてるわ』

と、麗子の声がし、彼女の顔が光二に迫って、一緒に美保子の割れ目を見上げていた。

何やら3Pでもしている気分になり、光二は美保子の口の中で高まりながら、熟れた割れ目と麗子の可憐な顔を交互に見た。

いつしか美保子は熱い鼻息で陰嚢をくすぐり、顔を上下させてスポスポと強烈な摩擦を開始していた。

彼もズンズンと股間を突き上げ、美保子の口腔で絶頂を迫らせた。

溢れた唾液が陰嚢の脇を生温かく伝い流れ、彼の肛門のほうまで濡らしてきた。

「い、いく……、気持ちいい……！」

とうとう絶頂に達した光二は快感に口走り、ありったけの熱いザーメンをドクンドクンと勢いよくほとばしらせてしまった。立て続けとは思えないほどの量と快感で、

「ク……、ンンッ……！」

喉の奥を直撃された美保子が噎せそうになって呻いた。

それでも吸引と摩擦、舌の蠢きは続行してくれ、光二は生まれて初めての口内発射の快感を噛み締め、最後の一滴まで出し尽くしてしまった。

「ああ……」

満足しながら声を洩らし、股間の突き上げを止めてグッタリと身を投げ出すと美保子も動きを止めた。そして亀頭を含んだまま、口に溜まったザーメンをゴクリと飲み干してくれた。

「あう……」

喉が鳴ると同時に口腔がキュッと締まり、彼は駄目押しの快感に呻いた。

ようやく美保子も口を離し、なおも余りを絞るように幹をしごき、尿道口から滲む雫までチロチロと丁寧に舐め取ってくれたのだった。

「あうう、も、もういいです、有難う……」

光二は腰をくねらせて呻き、ヒクヒクと幹を震わせた。

美保子も舌を引っ込め、向き直って添い寝してきた。

「二回目なのにいっぱい出たわ。さすがに若くて濃いのね」

彼女が囁き、光二は巨乳に抱かれながら余韻を味わった。

美保子の吐息にザーメンの生臭さは残っておらず、さっきと同じ甘く上品な白粉臭の刺激が感じられた。

「さあ、そろそろ出ましょう」

美保子が身を起こして言い、口をゆすぐこともなく身繕いをはじめた。

光二も起き上がって服を着た。孝一郎や香奈には、見舞いが長引いたと言えば良いだろう。

美保子は洗面所で化粧を直し、やがて二人はラブホテルを出た。

もちろん麗子も乗り込んできたが、美保子は全く気づかない。

再び車で神社に戻ると昼。もちろん孝一郎も香奈も、二人が何をしたかなど夢にも思っていないだろう。

当然ながら美保子は何事もなかった態度で、光二だけは、まだ初体験の余韻と感激に身も心もフワフワしていたのだった。

すぐに美保子は食事の仕度をし、また光二も母屋でパスタの昼食を頂いた。

孝一郎と香奈も食卓に着き、

「どうだった、親父の様子は」

と伯父で宮司の孝一郎が言ったので、美保子は浩介の言ったこと、光二と香奈の夫婦養子の話などを皆に告げた。

香奈はモジモジと俯(うつむ)いたが、前から聞いていたことなので嫌そうではない。

光二も面映(おもは)ゆかったが、

「まあ先のことだ。光二が大学を出る頃に、またちゃんと話そう」

孝一郎が言うと皆も頷き、その話はそれで終わったのだった。

光二が離れの自室に戻ると、すぐ麗子が姿を現した。

「大人の女の快感が、あんなに大きいなんて思わなかったわ」

麗子は、まだ興奮冷めやらぬように、頬を上気させて言う。

「そう、じゃ初体験の痛みは、もう経験しなくていいかな？」

「ううん、それも美保子さんの記憶の中にあったので、それなりに味わうことができたわ」

「なるほど……」

確かに、美保子に憑依すれば、その記憶や感覚なども共有できるのだろう。

「それで、美保子伯母さんの初体験の相手って……？」

「大学時代の先輩で、その人と二年ばかり付き合って、彼が地方に就職して自然消滅。あとは孝一郎さんと出会ったので、男は光二さんが三人目」

麗子が言い、光二はあの美しい伯母の過去を知って少しだけ嫉妬に胸を疼かせたが、またセックスさせてもらえるだろうから、今後への期待のほうが大きく脹らんだ。

「それより、気になることがあったんだけど」

「なに……」

麗子が急に真剣な面持ちになり、光二も聞き返した。

「ラブホからの帰り、自動車修理工場の前を通ったのだけど、そこに轢き逃げ犯がいた気がしたの」

「そんな、まさかこんな近くにいて警察が見つけられないなんて……」

光二は目を丸くし、事故の詳しい様子を麗子から聞いた。

犯人は白い乗用車に乗っていて、運転席と助手席に二人いたらしい。その二人とも、麗子は顔を良く覚えていて、どちらも二十歳前後の不良っぽい連中だったようだ。

あるいは免許取り立てで運転をし、裏の狭い道路を猛スピードで走って麗子をはねたのだろう。

そして修理工場に勤めていたなら、そこで事故車を修理して、この四ヶ月余り何食わぬ顔で過ごしていたに違いない。

麗子も地縛霊として、勝手に周囲を歩き回れないので、今日たまたま光二と一緒に移動して連中に気づいたようだった。

「ね、一緒に行って」

「これから……?」

麗子に言われ、光二は少しためらった。不良相手に詰問などできないし、追究したところで相手は白を切るだろう。

すると、彼のそんな躊躇(ためら)いを察したように麗子が言った。

「大丈夫よ。私が相手に憑依して自白に追い込むし、罪の意識を呼び覚まして自分を痛めつけるように仕向けるから」

それぐらい、麗子ならやってのけるかもしれない。何しろ彼女は、大きな恨みで本来の姿を取り戻したのだ。

「うん、分かった。じゃ行こう」

光二も納得して答え、麗子と一緒に離れを出た。そして母屋の美保子には、ちょっと図書館に行くと言って神社を出たのだった。

4

「あそこよ。二人がいるし、ちょうど私を轢いた車もある」

町の小さな自動車修理工場まで歩いて行くと、麗子が指して言った。

古びた看板には、河野（かわの）モータースと書かれている。

確かに、白い乗用車がガレージから出され、二人の男が整備していた。

一人は茶髪の小柄な男、もう一人は大柄なモヒカンで、どちらも頭は悪そうで凶悪そうな面構えをしている。

麗子の記憶では、運転していたのは茶髪のほうらしい。

「あの二人に間違いないわ。はっきり顔を覚えているので」

麗子が言うので、光二も緊張しながら意を決して二人に近づいていった。

ガレージの中では、作業服の中年男が別の車を整備していた。あるいはこれがオーナーで、二人のどちらかの父親かもしれない。

他に人はいなかった。

光二が行くと、二人も気づいて顔を上げた。

「なに」

茶髪が言った。

同い年ぐらいの光二を見て、知り合いかもしれないと記憶をたどり、あるいは客かもしれないと思ったか、曖昧な言葉遣いだ。

「話があるんだが、四ヶ月ほど前、三月の頭だが、神社の裏道で女子高生をはねただろう。この車で」

「なに……？」

同じ言葉だが、二回目の声は険悪で、茶髪が光二を睨みつけた。

「どういう言いがかりだよ。こっちへ来い」

茶髪は言い、モヒカンと一緒に光二を駐車場の隅へ行くよう顎をしゃくった。

それを見てガレージの中の中年男は、友人でも来たのかとチラと見ただけで、気にせず作業を続けた。

「彼女が即死したことはニュースで知ってるだろうが、なぜ自首しない」

「てめえ、何の証拠があって言ってやがるんだ！」

茶髪が言い、モヒカンと二人で光二を隅の塀へ追い込んだ。

もちろん二人の表情と顔色で、確かに轢き逃げ犯だと白状しているようなものだから光二も確信した。

と、そのとき麗子がスッと茶髪の中に入り込んだ。

「う……」

茶髪がビクリと硬直し、いきなりまくしたてた。

「そうだよ、俺が運転して轢いたんだ。まだまだ遊びてえからバックレたが、悪いとは思ってるんだ」

「お、おい、河野……」

急に気弱そうに話しはじめた茶髪に、モヒカンが驚いて声をかけた。

「そうか、じゃ自首するんだな」

「ああ……、その前に、せめて罪を償いたい……」

茶髪は言うなり、いきなりコンクリート塀にガンガンと自分の頭を叩きつけはじめた。たちまち額が割れ、鮮血が滴った。

「お、おい、よせよ、河野、何やってるんだ……」

モヒカンは戸惑いながら止めようとしたが、茶髪はガックリと地面に突っ伏しながら、さらに自分の顎を近くにあった石にガツンガツンと叩きつけはじめたのである。

麗子がさせているのだが、その加減なしの行為に光二も息を呑んだ。

歯と顎が砕け、茶髪の顔中が血まみれになり、息も絶えだえになっていた。

「お、おい、一緒に止めてくれ……」

モヒカンが声を震わせて光二に言ったが、茶髪がグッタリとなると、麗子はモヒカンに乗り移ったようだ。

「う……、そ、そうだよ、俺がバックレるようそそのかしたんだ。俺も償わねえとな……」

モヒカンも憑依されて言い、同じようにコンクリート塀に容赦なくガンガンと頭をぶつけはじめた。

「いいわ、通報して」

頭を割ったモヒカンが地に伏すと、麗子が抜け出て言った。

光二もスマホを出し、すぐ警察にかけた。

「あ、轢き逃げ犯を捕まえました。河野モータースです」

光二は言い、自分の名も言わずすぐに切った。するとガレージから、何事かと中年男が飛び出してきたのだ。

「な、何をやってるんだ！　浩之、どうした……！」

パンチパーマの親父が倒れている息子に言い、半身を起こさせると半死半生の茶髪が薄目を開いた。

「こいつにやられたのか！」

「い、いや、自分でやった。自首することにした……」

父親に言われ、血だらけの茶髪が力なく答えたが、顎が砕けているので辛うじて聞き取れる声だった。

どうやら、この父親も隠蔽の共犯なのだろう。

父親は光二を睨み上げたが、どうすることもできず、大怪我をしている二人を前にオロオロするばかりだった。

やがて警官が一人、カブで走り着けてきた。

降りるなり血だらけの二人を見て目を丸くし、光二に向き直った。

「き、君がやったのか……」

「いえ、僕は通報者です。二人が、神社裏の女子高生轢き逃げ事件の犯人だと自供して、罪の意識から自分を痛めつけました」

光二が答えると、警官は辛うじて意識を取り戻している茶髪に屈み込んだ。

「自分でやったのか」

訊くと、茶髪もうんうんと頷いたので、すぐに警官も無線で応援と救急車を呼んだ。

もちろん光二は帰るわけにもいかず、警官に引き留められていた。

間もなく救急車とパトカーが到着すると、茶髪とモヒカンは搬送され、光二はあらためて警官たちに説明した。

「あの車で女子高生を轢き殺して、このモータースで修理していたようです」

「本当か、それは」

警官がパンチパーマ親父に詰め寄ると、麗子が取り憑くまでもなく、すっかり観念したように彼も神妙に頷いた。

「とにかく署まで来てもらおうか。君も一緒に」

警官に言われ、光二もパトカーに乗って警察署まで行った。

光二が、なぜ二人が犯人と分かったかと説明するのに苦労したが、女子高生をはねたことを二人が会話しているのを聞いたので追究したと言っておいた。

警官たちも、光二には何ら疑問を持たなかったようだ。何しろ、こんな近くに犯人がいるのに四ヶ月以上も逮捕できなかったのだから、むしろ事件解決をほっとしているようだった。

「それで、被害者の親は？」

「はあ、アメリカへ移住したようです。ただ被害者の同級生を知っているので、その子から伝えてもらえばよろしいかと」

光二は言い、神社の住所と名前を教え、それで帰れることになった。

帰宅すると、光二は轢き逃げ犯の逮捕をまず香奈に言い、そばにいた孝一郎と美保子も事情を聞いて目を丸くしていた。

「本当……？　麗子をはねた犯人が……？」

香奈が勢い込んで言い、新しい花を用意して神社の裏へ供えに行った。光二も一緒に行き、枯れた花束を回収した。

当時も、昼間なのに一人の目撃者もいなかったというので、今日も全く人も車も通らなかった。

「麗子と面識のない光二さんが、犯人を見つけるなんて、何という巡り合わせかしら……」

手を合わせてから香奈が言い、光二と一緒に社務所へ戻った。

麗子の事故のとき香奈は一緒でなかったらしく、さすがに霊能者の香奈でも、轢き逃げ犯は探せなかったようだ。

「正式に逮捕ということになったら、アメリカへ連絡するわ」

「ええ、それがいいわね」

香奈が言うと、美保子も答えた。

「じゃ、僕は部屋に戻りますね」

光二は言い、いったん離れへと戻った。

すると、すぐに香奈が追って入ってきたのだ。

「詳しく聞かせて、なぜ犯人だと分かったのか」

香奈は麗子と仲良しだったから、さすがに警官ほどごまかしが利かないようで真剣に追究してきた。

「え……？」

しかし彼が何か答えようとすると香奈が硬直し、周囲を見回したのだ。

光二も見ると、窓の下の畳に制服姿の麗子が座っていて、香奈もそこに視線を合わせたのだった。

5

「まさか、麗子がいるの……？」

気づいたように香奈が言うと、麗子も顔を上げて光二に笑みを向けた。

「香奈に言ってもいいわ。私がいることを」

麗子が言う。犯人逮捕で心残りのうち半分を解消したせいか、ややすっきりした顔立ちになっている。

「う、うん、実は麗子さんに導かれて犯人が分かったんだ。顔を良く覚えていたので」

光二が言うと、香奈も彼に向き直った。

「本当にそこに麗子が居るのね」

「うん、僕には、姿も見えるし声も聞こえて会話ができる」

光二が答えると、香奈は緊張を解いたように万年床に座り込んだ。

「そう……、麗子の姿に、事故の様子はある……？」

「いや、綺麗な顔でセーラー服も汚れてない」

言うと、香奈も納得したように小さく頷いた。即死したときの姿のままでは、光二が普通に接することなどできないと思ったのだろう。

「麗子、私の声は聞こえるわね？　犯人が逮捕されたのに、まだ彷徨（さまよ）うの？」

「心残りはまだあるわ。男女の快楽を知ること」

麗子が答えたので、そのまま光二は香奈に伝えた。

「体がなくても快感が得られるのかしら……」

香奈は、麗子と光二の両方に訊いてくる。

「生身の女性に憑依すれば、快感を共有できるらしい」

光二が答えると、香奈も曖昧に頷いた。

もちろん麗子が美保子に乗り移って光二と交わり、三人で快感を得たことなど言うわけにいかない。

「そう、もしかして麗子は、私に乗り移って光二さんと交わりたいの？」

さすがに香奈は勘が良いようだ。

「祓ったりされなければ」

麗子が言い、光二がそれを伝えた。

「祓うだなんて、そんな力は私にはないわ。でも麗子の心残りを解消するためだし、光二さんさえ嫌でなければ私は構わないわ」

「本当……？」

香奈が言うと、麗子が嬉しげに顔を輝かせて身を乗り出してきた。

「ぼ、僕は構わないし、麗子さんもその気になってるよ」

「そう、じゃ今夜、夕食を終えたら内緒でここへ来るわ」

香奈が答えた。

いつも彼女は夕方まで神社にいて、近くにある家へ帰って夕食を済ませ、翌朝は朝食後に来ている。姫山家では、香奈の祖父までは代々神社の神官をしていたが、父親は普通のサラリーマンらしい。

親友の麗子を轢き逃げした犯人が捕まったので、今夜は追悼（ついとう）のため同級生と集まるとでも言えば、両親は難なく出してくれるのだろう。

もちろん孝一郎と美保子には内緒で忍んでくるらしい。離れは独立しているので出入りは見られないし、もう許婚のようなものだが、まだ未成年なので大っぴらにはしないのだろう。

「香奈、一つだけお願いが。高校時代の制服を着てきて。まだ捨ててないでしょう？　もう一度、香奈のセーラー服姿を見たいので」

麗子が言い、光二が伝えると香奈も頷いた。

「分かったわ。着てくる」

「僕からもお願い。夕食だけ済ませたら入浴なんかせずに来て」

思いきって言うと、香奈も少し戸惑いがちながら頷いてくれた。

「戻るわね。今夜七時頃来るわ」

香奈が言って立ち上がり、離れを出ていった。

「楽しみだわ。香奈の初体験を一緒に味わえるなんて」

麗子が、心から嬉しげに言った。

光二は、万年床に横になり、少し身体を休めることにした。

何しろ朝は香奈の指で射精させてもらい、昼前には美保子の上と下に射精しているのである。

もちろん香奈とできるとなれば淫気は満々だが、万全を期したいのだ。

ましで午後は警察へ行ったりして、何かと疲れていた。

だから麗子もそれを察してもう何も言わず、光二は夕方までウトウトしたのだった。

ようやく日暮れ近くに起きると、美保子が総菜を持ってきてくれた。

もう香奈は帰宅したらしい。

もちろん美保子も、昼間に光二と交わったが、今またすぐしたいような素振りは見せなかった。まだ夕食の仕度の途中だろうし、やはり敷地の中で光二とするのはためらいがあるのだろう。

美保子が戻っていったので、光二は軽く夕食を済ませると、シャワーを浴びて歯磨きをした。

準備万端で、一眠りしたため心身も淫気も充実して、早くも痛いほど股間が突っ張ってきた。

夜は、まず母屋から誰かが離れに来るようなことはない。

七時になると麗子も姿を現し、まだ全裸にはならずセーラー服姿だがソワソワしているようだ。

「楽しみだし緊張するけど、少し申し訳ないわ。香奈は光二さんと一対一で体験したいでしょうに。だから無駄なことは言ったりしないので、香奈に専念してあげて」

「うん、分かった」

光二が答えると、ドアが軽くノックされた。

開けると、母屋に見られないよう裏門から入ってきたらしい香奈が、セーラー服姿で入ってきた。

「わあ、可愛い……」

光二は思わず言い、制服姿の美少女に見とれた。

普段は束ねている黒髪も長く垂らしている。

高校を卒業して四ヶ月余りだが、麗子より幼げな顔立ちだから、どう見ても現役の女子高生である。それに光二は、巫女姿以外の香奈を見るのは初めてのことだった。

「また着るとは思わなかったわ」

「また香奈のこの姿が見られて嬉しいわ」

香奈が言うと、麗子が彼女にしがみついて言い、まだ乗り移らずに制服の胸を撫で回し、唇を重ねたりした。

香奈は気づかず、ただ万年床に座っているだけである。

その様子に、二人はレズごっこでもした仲なのではないかと光二は思った。

それにしてもセーラー服姿の二人を前にすると、言いようもなく彼は興奮を高めていった。

お揃いの、白い長袖のセーラー服で、濃紺の襟と袖に三本の白線、スカーフは白で、スカートは紺、そして白いソックスだ。

「入るわね。香奈をよろしく」

麗子はそう言うと、一瞬で全裸になり、スッと香奈の体に入っていった。

香奈も、ほんの少し違和感を覚えたようだが、特に気にする様子もなく光二に向き直った。

「じゃ、脱ごうか」

「ええ……」

言いながら彼がTシャツとトランクスを脱ぐと、香奈も頷いてスカーフを解きはじめた。

特に麗子に操られている感じではなく、あくまで香奈の意思でここへ来て、自分で脱いでいるのである。そして麗子も何も言わず、ただじっと香奈の中に入って期待に胸を震わせているようだ。

上着とスカートを脱ぎ去って行くと、たちまち室内に思春期の生ぬるい匂いが立ち籠めはじめた。光二には、それに麗子の匂いまで混じっているように感じられた。

ブラを外してソックスを脱ぎ、最後の一枚を下ろして一糸まとわぬ姿になると香奈はモジモジと布団に仰向けになっていった。

光二も全裸になり、ピンピンに勃起したペニスを震わせながら迫り、美少女の肢体を見下ろした。

香奈は長い黒髪を白いシーツに散らし、長い睫毛を伏せている。

形良い乳房が息づき、乳首と乳輪は初々しい桜色だ。肌は透けるように白く、股間の翳りは楚々として淡く、健康的な脚がスラリと伸びていた。

そして甘ったるい匂いが感じられるのは、約束を守ってシャワーも浴びずに来てくれたのだろう。

（綺麗だ……）

光二は、感激と興奮に胸を震わせながら香奈を見下ろした。未来の妻かもしれないから、これからいつでも何度でもできるのだが、やはり互いにしたいときに初体験するのが最良だろう。

光二は添い寝して上からのしかかり、まずは清らかな乳首にチュッと吸い付いていった。

そしてそっと舌で転がしながら、もう片方の膨らみを探り、顔中で思春期の弾力を味わいはじめたのだった。

第三章　処女のいけない好奇心

1

「ああっ……！」
光二に乳首を舐められ、香奈がクネクネと身悶えて喘いだ。感じるというより
も、まだくすぐったいような反応である。
麗子も、彼女の中で初めての感覚をじっと味わっているようだ。
光二は美少女の両の乳首を充分に味わい、香奈の腋の下にも鼻を埋め込んで
いった。
スベスベの腋は生ぬるく湿り、嗅ぐと甘ったるい汗の匂いが籠もって悩ましく
鼻腔が掻き回された。胸を満たして舌を這わせると、
「あう、ダメ……」
香奈が呻き、じっとしていられないようにクネクネと身をよじらせた。

光二は処女の肌を舐め下り、愛らしい縦長の臍を探り、例により股間を後回しにして腰から脚を舌でたどっていった。

普段は朱色の袴に覆われている健康的な脚は、どこも滑らかで心地よい感触が伝わってきた。

足首まで下りると足裏にも舌を這わせ、縮こまった指の間に鼻を割り込ませて嗅ぐと、やはりそこは汗と脂にジットリ湿り、ムレムレの匂いが濃く沁み付いていた。

（ああ、美少女の足の匂い……）

光二は感激と興奮に包まれながら蒸れた匂いを貪り、爪先にしゃぶり付いて桜色の可愛い爪をしゃぶった。そして順々にヌルッと指の股に舌を潜り込ませて味わうと、

「く……、汚いのに……」

香奈が朦朧（もうろう）として言い、彼の口の中で足指を縮めた。

光二は両足とも、全ての指の股に舌を割り込ませて味わい、香奈はすっかり朦朧となりグッタリと放心してしまった。

やがて彼は香奈を大股開きにさせ、脚の内側を舐め上げていった。

白くムッチリした内腿は何とも心地よい弾力を秘め、彼はゆっくりたどりながら股間に迫った。

見ると、ぷっくりした丘には楚々とした若草は、ほんのひとつまみほど恥ずかしげに煙り、割れ目からは僅かにピンクの花びらがはみ出していた。

そっと指を当て、小振りの陰唇を左右に広げると、微かにクチュッと湿った音がして中身が丸見えになった。

綺麗なピンクの柔肉は、思っていた以上に大量の蜜が溢れ、ヌメヌメと熱く潤っていた。無垢な膣口が襞を息づかせ、包皮の下からは小粒のクリトリスが光沢ある顔を覗かせている。

光二は清らかな眺めを充分に瞼（まぶた）に焼き付けてから、美少女の中心部に顔を埋め込んでいった。

柔らかな恥毛に鼻を擦りつけて嗅ぐと、隅々に生ぬるく籠もった汗とオシッコの匂い、それに処女特有の恥垢（ちこう）だろうか、淡いチーズ臭も混じって鼻腔を刺激してきた。

（なんていい匂い……）

光二は鼻腔を満たしながら思い、舌を這わせはじめた。

膣口の襞をクチュクチュ掻き回すと、ヌメリは美保子に似て淡い酸味を含んで舌の動きを滑らかにさせ、彼は味わいながらクリトリスまでゆっくり舐め上げていった。

「アアッ……！」

香奈が身を弓なりに反らせて喘ぎ、内腿でキュッときつく彼の顔を挟み付けてきた。

光二はチロチロと舌先でクリトリスを舐め回しては、新たに溢れてくる蜜をすすった。そして味と匂いを堪能すると、彼女の両脚を浮かせ、オシメでも替える格好にさせて尻に迫った。

谷間には薄桃色の可憐な蕾がひっそり閉じられ、鼻を埋め込むと蒸れた匂いが籠もっていた。

彼は谷間に籠もる熱気と湿り気を吸収してから舌を這わせ、ヌルッと潜り込ませて滑らかな粘膜を味わった。

「あう……！」

香奈が我に返ったように呻き、キュッときつく肛門で舌先を締め付けた。

光二が舌を蠢かせると、鼻先の割れ目から愛液が漏れてきた。

ようやく脚を下ろすと、彼は再び割れ目に舌を伸ばし、大量のヌメリをすすってクリトリスを舐め、指も無垢な膣口にゆっくり潜り込ませていった。

さすがに少々にきつい感じはあるが、何しろ潤いが充分なので、指はヌルヌルッと滑らかに呑み込まれていった。

中は熱く濡れ、彼は内壁を小刻みに擦りながらクリトリスを舐め回した。

「アア……、いい気持ち……」

香奈が息を弾ませて朦朧としながらも、うっとりと声を洩らした。

彼がなおも執拗にクリトリスを舐め回し、膣内の指を蠢かせ続けると、次第に彼女の腰がガクガクと跳ね上がって熱い呼吸が弾み、粗相(そそう)したように潤いが増していった。

「ダ、ダメ、いっちゃう……、アアーッ……！」

香奈が顔を仰け反らせて喘ぎ、狂おしく腰をよじった。

どうやらクリトリス感覚でオルガスムスに達してしまったようだ。当然ながら麗子もそうだったように、香奈も自分でいじり、それなりの絶頂は知っているのだろう。

おそらく麗子も香奈と一緒に、絶頂の快感を味わっているのだろうが、やはり気遣って声は洩らさなかった。

「も、もうダメ……」

香奈が嫌々をして、むずがるように腰をくねらせた。やはりクリトリス感覚の絶頂は男のように短く、今は全身が過敏になっているのだろう。

ようやく光二も舌を引っ込め、膣口からヌルッと指を引き抜いてやった。

そして身を起こすと股間を進め、急角度にそそり立っている幹に指を添えて下向きにさせ、先端を濡れた割れ目に擦りつけた。

絶頂の余韻に浸っている今なら、破瓜(はか)の痛みが多少なりとも和らぐに違いないし、彼も待ちきれない気持ちになっていた。

香奈も徐々に呼吸を整えながら、すっかり意を決して覚悟したように身を投げ出している。

張り詰めた亀頭が充分に濡れると、彼は位置を定めてズブリと押し込んでいった。ネットでは、処女の場合は一気に貫いたほうが痛みが一瞬で済むと書いてあったのだ。

ヌルヌルッと根元まで挿入すると、さすがに美保子よりきつい感触と、燃えるような熱さが感じられた。

「あう……！」

香奈が眉をひそめて呻き、キュッときつく締め付けてきた。

麗子も破瓜の感覚を味わっているだろうが、彼女はすでに美保子により大きな絶頂を知っているので、香奈ほど痛くはないだろう。

光二は肉襞の摩擦と締め付けを感じながら股間を密着させ、脚を伸ばして身を重ねていった。

正常位は初体験だが、さして戸惑うこともなく一つになれた。

すると香奈が支えを求めるように、下からしっかりと両手を回してしがみついてきた。

彼の胸の下で乳房が押し潰れ、心地よい弾力が伝わり、恥毛が擦れ合い、コリコリする恥骨の感触も伝わった。

「痛い？」

「大丈夫……」

気遣って囁くと、香奈が健気に下から答えた。

「中に出していいのかな？」

「ええ、ピル飲んでいるので……」

香奈が答える。もちろん避妊のためではなく、生理不順の解消のために、今は十代の子でも服用する子が多いようだ。

それならと光二もフィニッシュまで突き進む気になり、あらためて処女と一つになった感激を嚙み締めた。

まだ動かず、感触と温もりを味わいながら、上から香奈にピッタリと唇を重ねていった。

舌を挿し入れて、美少女の息で鼻腔を湿らせながら、滑らかな歯並びを左右にたどると、彼女も歯を開いて舌を触れ合わせてきた。

チロチロと絡み付けると、生温かな唾液に濡れた舌が滑らかに蠢いた。

香奈の舌を味わうと、もう我慢できず彼は様子を見ながら、小刻みに腰を突き動かしはじめていった。

「ンンッ……」

彼女が熱く呻き、しがみつく両手に力を込めてから口を離した。

「ああ……、奥が、熱いわ……」

香奈が喘ぎ、彼は熱く吐き出される濃厚に甘酸っぱい吐息に酔いしれた。

いったん動いてしまうと、あまりの快感に腰が止まらなくなってしまった。

そして光二はきつく締まる摩擦快感に高まり、美少女の吐き出す果実臭の吐息を嗅ぎながら、あっという間に昇り詰めてしまったのだった。

2

「い、いく……、気持ちいい……！」

光二は大きな絶頂の快感に口走り、熱い大量のザーメンをドクンドクンと勢いよくほとばしらせた。昇り詰めている最中だけは香奈への気遣いも忘れ、股間をぶつけるように激しく動いてしまった。

『アア……！』

頭の中に響いてきたのは、麗子の声だった。きっと麗子は光二の絶頂まで感じ取り、初体験の痛み混じりの感覚とともに、二人分の快感を受け止めているのだろう。

香奈のほうは、まだ快感には程遠いだろうが、何となく彼が中で果て、嵐が過ぎ去ったことは察したようだった。

光二は快感と感激に包まれながら、心置きなく最後の一滴まで出し尽くしていった。

そして、すっかり満足しながら徐々に動きを弱めていくと、いつしか香奈もグッタリと身を投げ出して荒い息遣いを繰り返していた。

完全に動きを止めても、まだ膣内は異物を確かめるような収縮が繰り返され、そのたびにヒクヒクと幹が過敏に震えた。

光二は美少女の喘ぐ口に鼻を押しつけ、濃厚に甘酸っぱい吐息で胸を満たしながら、うっとりと余韻を味わった。

あまり長く乗っているのも悪いので、まだ呼吸が整わないうち、光二はそろそろと身を起こして股間を引き離していった。

「あう……」

ヌルッと引き抜けるとき、香奈が呻いてピクンと反応した。

彼はティッシュを取り、手早くペニスを拭いながら香奈の股間に顔を寄せた。

見ると陰唇が痛々しくはみ出し、処女を喪ったばかりの膣口からはザーメンが逆流し、ほんの少し鮮血が混じっていた。

その赤さを見ると、あらためて光二は処女を頂いたという実感が湧いた。

ティッシュでそっと割れ目を拭いてやると、いつの間にか麗子も抜け出した。

やはり全裸の麗子は、香奈の隣で身を投げ出し、初体験の感慨に耽っているようだ。

大人の絶頂を得ているので、順序は逆だが、それなりに麗子も感動に包まれているのだろう。

「大丈夫だった？」

「ええ、まだ中に何かあるみたい……。シャワー浴びたいわ……」

香奈が言うので起こしてやり、支えながらバスルームへ移動した。まだ彼女は異物感があるようで歩きにくそうだ。

シャワーの湯を出し、せっかくの体臭が薄れるのは残念だが仕方なく、彼は互いの身体に浴びせた。

彼女は割れ目も洗ったが、出血も少なく、すでに止まっているようだ。

麗子は付いてこず、部屋で休憩しているようだ。霊が休憩というのも変なものだが、初体験の余韻を嚙み締めているのだろう。

もちろん光二は、すぐにもムクムクと回復してきた。

「ね、オシッコ出して……」

彼は床に座って言い、目の前に香奈を立たせた。

「え……？」

香奈も驚いて身じろいだが、彼は美保子にもしたように彼女の片方の足を浮かせ、バスタブのふちに乗せさせて開いた股間に顔を埋めた。

やはり悩ましい匂いは薄れてしまったが、舌を挿し入れると処女を喪ったばかりの膣口が新たな蜜を漏らしてきた。

「ああ……、出ないわ……」

「いいよ、ゆっくりで、ほんの少しでもいいので」

香奈が膝を震わせて言い、彼は割れ目を味わいながら期待に幹を震わせた。

そして舐めているうち、やはり美保子の時のように割れ目内部が妖しく蠢き、温もりが変化してきたのだ。

「あう、出ちゃう……」

香奈が言うなり、チョロッと熱い流れがほとばしってきた。彼女は慌てて止めようとしたようだが、いったん放たれた流れは止めようもなく、チョロチョロと勢いをつけて注がれた。

光二は口に受けて味わい、うっとりと喉を潤した。美保子のときよりも、さらに抵抗なく飲み込むことができた。

「アア……」

香奈は嚥下する音を聞きながら声を震わせ、フラつく身体を支えるように両手を彼の頭に置いた。

口から溢れた分が肌を伝い流れたが、あまり溜まっていなかったか、すぐにも流れがおさまってしまった。

光二は残り香の中で雫をすすり、割れ目内部を舐め回した。

「も、もうダメ……」

香奈が言って腰を引き、脚を下ろして椅子に座り込んだ。

彼はもう一度シャワーで互いの全身を流し、また支えながら立たせて身体を拭いてやった。

バスルームを出て部屋に戻ると、彼は香奈を横たえて添い寝した。麗子も反対側から彼を挟み付けるように身を寄せてきた。

香奈の手を取り、ピンピンに回復しているペニスに導くと、彼女もニギニギと愛撫してくれた。

「ああ、気持ちいい……」

光二は指の愛撫に身を委ねて喘ぎ、香奈と舌をからめ、唾液と吐息を吸収しながら高まった。

「ね、お口で可愛がって……」

彼は甘えるようにせがんだ。処女喪失の直後に、二度目の挿入は酷だろう。

すると香奈も素直に身を起こして移動し、大股開きになった彼の股間に腹這いになって顔を寄せてきた。

「こんなに大きなものが入ったのね……」

香奈は、あらためて男のものを目の当たりにして呟き、幹に指を添えながら舌を伸ばすと、粘液が滲みはじめた尿道口をチロチロと舐め回してくれた。

「ああ、気持ちいい……」

光二が喘ぐと、さらに香奈は張り詰めた亀頭にも舌を這わせ、パクッと浅く含んでくれた。ほんのり湿った長い髪がサラリと彼の股間を覆い、内部に熱い息が籠もった。

「深く入れて……」

言うと香奈も、丸く開いた口でスッポリと喉の奥まで呑み込んできた。

先端が喉の奥にヌルッと触れると、新たな唾液が湧き出してペニス全体を心地よく浸した。

「ンン……」

香奈が小さく呻き、熱い鼻息で恥毛をくすぐった。

彼がズンズンと小刻みに股間を突き上げると、香奈も合わせて顔を上下させ、スポスポとリズミカルな摩擦を開始してくれた。

「ああ、いきそう……」

光二は急激に高まり、傍らの麗子の顔を引き寄せた。

何しろ香奈の顔が股間にあるので、麗子の美しい顔に迫ってもらいたかったのだ。匂いも感触も感じられないが、麗子の顔が近くにあるだけで興奮が高まってきた。

すると麗子も察したように舌を伸ばして動かし、彼の顔中を舐めるような仕草をしてくれた。

香奈も摩擦と吸引の愛撫を続け、クチュクチュと舌もからめてくれた。

たまに歯が触れる感覚も新鮮な刺激で、たちまち光二は二度目の絶頂に達してしまった。

「い、いく……！」

快感に貫かれて口走ると同時に、彼はありったけの熱いザーメンをドクンドクンと美少女の喉の奥にほとばしらせた。

「ク……」

噴出を受けた香奈が呻いたが、それでも愛撫を続行してくれた。

光二は、美少女の清らかな口を汚すという禁断の思いも快感に拍車をかけ、最後の一滴まで出し尽くしたのだった。

「ああ……」

彼が声を洩らし、満足げにグッタリと身を投げ出すと、香奈も動きを止め、亀頭を含んだまま口に溜まったザーメンをコクンと一息に飲み干してくれた。

(ああ、飲まれている……)

光二は思い、自分の生きた精子が美少女の胃の中で吸収され、彼女の栄養にされることに言いようのない悦びを覚えた。

ようやく香奈が、チュパッと軽やかな音を立てて口を離し、なおも出るかもしれないと思ったか幹をしごいてくれた。そして尿道口に脹らむ白濁の雫まで、丁寧にペロペロと舐め取って綺麗にしてくれたのである。

「あうう、もういい、有難う……」

光二は腰をくねらせて呻き、過敏に幹を震わせて降参した。

香奈も舌を引っ込め、顔を上げてチロリと舌なめずりした。

すると麗子も、香奈の唾液にまみれた亀頭をしゃぶる仕草をした。

光二はグッタリと身を投げ出し、まるで3Pをしているような眺めの中で余韻に浸り込んでいったのだった。

3

「じゃ、送っていくよ。暗い道だしセーラー服だからね」

香奈が身繕いを済ませると、光二も服を着て言った。麗子も、あっという間に清楚なセーラー服姿になっている。

やがて光二は離れを出て、母屋のほうを気遣いながら香奈と一緒に裏門から外へ出た。もちろん麗子も二人と並んで歩き、石塀に立てかけられた新しい花束をチラと見た。

香奈の姫山家までは歩いて十分足らずだ。夏の夜風が心地よく香奈の髪をなびかせ、仰げば満天の星である。

裏通りを抜けて住宅街に入ると、近くにある公園から三人の男たちが出てきて香奈たちに近寄ってきた。

　どうしてもセーラー服は夜目にも目立つのだろう。

「へえ、とびきり可愛いな。男はどうでもいいや。財布を置いて消えろ」

　スキンヘッドの大柄な一人が煙草をくわえながら言う。

　三人とも二十代前半、もちろん大学など行っているような顔つきや服装ではない。例の茶髪やモヒカンと同じ種類の下等動物だった。

　そして光二が香奈を庇いながら何か言おうとする前に、麗子がスッとスキンヘッドに入り込んだ。

　途端に奴は、両側にいる二人に素早く殴る蹴るの攻撃を開始したのである。

「な、何するんだ……」

「うわ、やめてくれ……！」

　ボス格の男に容赦ない暴行を受け、二人は何が起きたか分からず反撃もできないでいた。

　くわえ煙草のままスキンヘッドは拳で二人の顔面をボコボコにし、二人が倒れると顔や腹を渾身の力で踏みつけた。たちまち地に伏した二人は顔中血だらけになり、肋骨を折られて苦悶した。

やがて二人が動かなくなると、男はくわえた煙草を手にして自分の目に押しつけたのである。

「ぐわーッ……！」

ジュッと焼ける音がして男が絶叫し、さらに自分の顔面をガードレールに叩きつけはじめた。

「行きましょう」

抜け出た麗子に促され、光二も香奈の肩に手をかけて歩きはじめた。

「れ、麗子がさせたのね……」

香奈はお見通しのように言い、すっかり静かになった三人を振り返った。

「ええ、でも殺してはいないわ。まあ一生病院かもしれないけど。私は、命でもお金でも、品物でも誇りでも、ためらいなく人のものを奪う人間が絶対に許せないのよ」

麗子が答え、光二がその言葉を香奈に伝えてやった。

轢き逃げ犯が逮捕され、香奈の肉体を通じて初体験を味わったというのに、まだまだ麗子はこの世にとどまっていた。

あるいは暴力と性への快楽に取り憑かれ、もっともっと満足したいのかもしれない。

「大人しい子だったのに、色々秘めていたのね……」

香奈が嘆息気味に言い、やがて家の前までくると、光二と別れて中に入っていった。

香奈も、初体験の思いで胸がいっぱいだろうが、心の中では麗子を心配し、彼女が光二と一緒に居ることに軽い嫉妬も覚えているようだ。

光二は引き返し、他の誰からも見えない麗子と一緒に神社の離れへと戻ったのだった。

「さあ、今日はもう寝るよ」

光二は服を脱いで言い、灯りを消すとTシャツとトランクス姿で横になった。

さすがに今日は朝からいろいろなことがあり、何度となない快感で頭の中が追いついていかなかった。

「ええ、今度大学へ連れて行って。じゃおやすみ」

麗子も素直に言い、姿を消していった。

光二は美保子との初体験や、香奈の処女を奪ったことなどあれこれ思いながらも、すぐに睡りに落ちていったのだった。

翌朝、光二はドアを叩く美保子の声で目を覚ました。

「光二さん、まだ寝ているでしょうけど、起こしてごめんなさいね。警察の人が話を聞きたいって来ているのよ」

言われて、光二も返事だけしてすぐに起き上がった。時計を見ると、それでももう朝の九時近かった。

急いで顔だけ洗って身繕いをし、離れから出ると社務所へ行った。

中に刑事らしい背広の中年男が二人来ていた。すでに香奈も巫女姿で来ていて、美保子と一緒に茶を淹(い)れ、孝一郎が応対して光二の身の上などを話していたようだ。

「あ、早くに済みません」

歳上のほうの刑事が光二を見て言い、手帳を見せて所轄(しょかつ)を名乗った。

「昨日のモータースのことですが、重症の二人も自供し、オーナーも隠蔽に協力したことを供述したので、三人とも正式な逮捕となりました」

「そうですか、良かった」

光二も座って答え、香奈が淹れてくれた熱い茶をすすった。

「それで、二人とも自分を責めて痛めつけたにしては度が過ぎているんですが」

「別に、僕は手を出していませんので」

「ええ、それは分かってます。近所の人が窓から様子を見ていたし、あのオーナーも、うちの息子があんなヤワな小僧に負けるわけがないと息巻いてましたが、いや、失礼」

刑事が言い、光二は苦笑した。

仮に光二が疑われたにしても、今も横にいる麗子が刑事に入り込み、意識操作ぐらい苦もなくしてしまうことだろう。

「河野浩之という息子のほうは、歯と顎関節が完全に粉砕し、修復は不可能、今後ずっと流動食のようです。もう一人の、ええと」

「モヒカンですか」

「ええ、そいつは脳挫傷で意識障害が残るということでした」

言われて、どうやら麗子は完全に連中の今後一生をどん底に落としたようだ。

もちろん光二も、あの二人に同情するような気持ちは湧かない。

「何か変なクスリでもやっていたんでしょうか」

「そうしたことも、いま調べております。まあ、今日は逮捕になったのでご報告ということで」

刑事が茶を飲み干し、二人で腰を上げた。

「あ、そうそう、昨夜この近所で三人の男が仲間割れの喧嘩で、やはり三人とも一生残るような大怪我を負いました」

「そうですか。夜は出ていないので気づきませんでしたが」

「何だか、最近は加減を知らん若い奴らばっかりですなあ。では失礼」

言うと、二人の刑事は光二と孝一郎たちに辞儀をして帰っていった。

「正式な逮捕だから、アメリカにいる麗子の両親に報告しておきますね」

香奈が、空の茶碗を片付けながら言った。

「光二さん、朝ご飯うちでどうぞ。どうせインスタントしかないのでしょう？」

美保子に言われ、光二も呼ばれることにした。

普段は離れで済ませるが、今日もせっかく朝から母屋へ来たのだから、美保子の手料理は有難かった。

「今日の予定は？」

美保子が飯をよそりながら言い、孝一郎と香奈は本殿へと行った。

「ええ、大学へ行って、サークルの私物を取ってきます」

「そう、昨日は忙しかったから、今日はゆっくりするといいわ」

美保子が言い、やはり昨日のラブホテルでのことを意識しているようだった。

光二は、昨夜の余りらしい肉野菜炒めと味噌汁で食事をした。

そして終えると、離れに戻って歯磨きと朝シャワーを済ませると着替え、すぐ出かけることにした。

母屋に声をかけて神社を出て、中央線で大学まで行った。もちろん傍らには、セーラー服姿の麗子も一緒だ。

やがて大学に入ると、

「夏休みでも人が多いのね」

麗子が見回しながら言った。彼女が合格したのは、もっとレベルの高い大学だったようだが、それなりに学内の雰囲気を味わっているのだろう。

光二は国文科の棟の奥にある、文芸サークルの部室に行った。

彼はあまり熱心な部員ではなく、同人誌などにも参加していなかったが、顧問の由香利(ゆかり)が目当てだったので、顔だけは年中出していたのだ。

置きっぱなしの私物も、ノートと数冊の本だけだから急いで取りに来ることもなかったが、大学を見たいという麗子の願いを叶えたのである。

部室はがらんとし、テーブルと本棚があるきりである。やはり夏休みなので、ここに来る部員はいないようだ。

しかし奥から、その由香利が出てきたのである。

奥は顧問の部屋で、西条由香利は二十七歳で独身の国文科助手、ボブカットでプロポーションの良いメガネ美女だ。

光二は何かと、彼女の面影でも妄想オナニーに耽っていたのだった。

4

「清水君、来ていたのね」

「ええ、本を取りに来ただけです」

「お茶を淹れるわ。私も事務を終えたので、今日は帰ろうと思っていたところなの」

由香利が言い、部室の隅にあるポットから茶を淹れてくれた。

すると、由香利からは見えない麗子が、そっと光二に寄り添って囁いた。

『この人、すごい性欲を抱えているわ。それに真面目で大人しい男が好きなようで、光二さんとしたいみたい』

『え……』

光二は驚いた。麗子は、一瞬由香利の中に入り込んで、その心根を読み取ったようだった。

『私もしたいわ。この人がどんな感じ方をするのか、一緒に体験してみたい』

麗子が言う。清らかな女神のような美保子とは違い、由香利は知的だが、現代的で奔放(ほんぽう)そうな雰囲気がある。

してみたいなら、もっと早く言ってくれれば良いのにと思ったが、やはりそう女のほうからは誘えなかったのだろう。

『彼氏と別れて一年、かなりハードな行為も好むみたいよ』

『僕のほうから誘ったらいいのかな……』

『ええ、百パーセント大丈夫よ。万一ためらうようなら私が操作するので』

麗子が太鼓判を押したので、光二も急激に股間を熱くさせた。

昨日は多く射精したが、一晩ぐっすり眠ったし、それに相手さえ変われば男というものは、いつでも一瞬でリセットされるものなのだろう。

光二は椅子に掛け、淹れてくれた茶をすすった。

「夏休みはどうするの？」

　由香利も座り、長い脚を組んで茶を飲みながら訊いてきた。

「帰省せずバイトを探すか、神社で何か手伝いながら読書と持ち込みの執筆でもできればと思ってます」

「そう、伯父さんの神社の離れに住んでるのね。前に一度近くへ行ったので伺ったことがあるわ。確か、篠津王社」

「そうです」

　光二は答えた。由香利は国文というより、日本神話にも詳しいのだ。

「篠津神社というのは多くあるけど、篠津王というのは初めて聞いたわ。片仮名でシノツ王と書いて一文字にすると、淫らという字になるわね」

「うわ、本当だ」

「それで、私が行ったときに会った可愛い巫女さんが、確か姫山香奈さん」

「ええ」

「ヒメヤマカナを入れ替えると、カナヤマヒメになるわね。金山姫はイザナミのゲロから生まれた女神」

　由香利が言う。彼女は、こうした言葉のパズルが好きなのだろう。

　もちろん光二も古事記の金山姫の名は知っていたが、香奈のことまでは連想しなかった。

『じゃ、私の三浦麗子は、恨みの霊ね』

麗子が笑って言うと、光二は茶を吹きそうになったが、そちらに反応するわけにいかない。

やがて茶を飲み干し、二人で腰を上げると光二は思いきって言った。

「これから、由香利先生の家に行ってはいけませんか？」

「まあ、どうして……」

「投稿小説で女性の部屋の描写があるんだけど、まだ僕は誰の女性の部屋も見たことないし」

「そう、散らかってるけど、いいわ。でも誰にも内緒よ」

すんなり由香利が承知してくれ、光二は胸と股間を脹らませながら一緒に部屋を出た。

（こんなに上手くいくなら、もっと早く言えば良かった……）

彼は思ったが、女性運の全ての切っ掛けは、この麗子なのだろう。麗子と出会ったことが、光二の運命を大きく変えたのだった。

大学を出ると、由香利は案内してくれた。どうやら徒歩で通える範囲に住まいがあるらしい。

そして十分ほど歩くと住宅街に入り、そこに彼女の住むハイツがあった。

由香利の部屋は一階の隅で、少し彼女は周囲を気にしてから急いで鍵を開けて光二を招き入れた。

彼が上がり込むと、由香利はさり気なくドアを内側からロックした。

散らかっているといっていたが、キッチンは清潔にしてあり、ワンルームタイプで奥の窓際にベッド、手前に机と本棚、あとは食事用のテーブルにテレビなどが機能的に配置されていた。

あとはバストイレと納戸ぐらいだろう。

光二は室内に籠もる、生ぬるく甘ったるい匂いに胸を高鳴らせ、股間を突っ張らせはじめていた。

「普通の部屋でしょう？」

「ええ、綺麗にしてるんですね」

「それで、部屋を見に来ただけじゃないでしょう？」

由香利がベッドに腰掛け、脚を組んで言う。

レンズ越しの眼差しも、学内で見るのと違う、艶めかしく熱っぽい光彩を帯び

ているようだ。男子を部屋に入れたことで、すっかり彼女もその気になっている
のだろう。
「え、ええ、実は、前から好きだった由香利先生に、手ほどきしてほしいんです
けど……」
　光二は無垢を装い、思いきって言った。やはり美熟女と美少女の上と下に射精
体験をしているから、すっかり気後れは薄れ、大胆に要求できるようになってい
たのだ。
「そう、小説を書くなら、そろそろ初体験したほうがいいわね」
　由香利も、彼を童貞と思い込み、すんなりと承諾してくれた。
「急いでシャワー浴びてくるから待ってて」
「あ、どうか今のままでお願いします。初めてなので、女性のナマの味と匂いが
知りたいし……」
　由香利が腰を浮かして言うので、もちろん光二は慌てて引き留めた。
「まあ……、君が思っているほど女は清潔じゃないのよ」
　由香利が、ほんのり頬を上気させて言う。
「昨日の朝にシャワー浴びたきりだし、ゆうべは遅くまで一人飲みして、お風呂

も入らずそのまま寝てしまったわ。今日も、少し事務が残っていたので、シャワーも浴びずに大学へ行って、帰宅してからゆっくりお風呂に入ろうと思っていたのだから」

「それで構いません。どうかお願いします。僕は朝シャワーを浴びてきたので綺麗です」

光二は気が急くように言い、由香利も嘆息して小さく頷いた。彼女も待ちきれないほど淫気が湧き上がってきたのだろう。

「いいわ、でも始まったら私は夢中になるから、あとから急に洗ってこいなんて言っても止まらないわよ」

「はい、大丈夫です」

彼は期待を込めて頷いた。

「それに、私は自分勝手にしたいほうだから、何でも言うことときける？」

由香利の眼差しが、さらに期待と興奮にキラキラしてきた。

「はい、何でも言うことききます」

「そう、じゃ脱いでここに寝て」

由香利はベッドを指して言い、自分もブラウスのボタンを外しはじめた。

光二も、傍らにいた麗子がスッと由香利の中に入り込むのを認めてから、手早く服を脱ぎ去っていった。

たちまち全裸になると、彼は勃起したペニスを震わせながらベッドに横になった。枕には、由香利の髪や汗や涎の匂いが濃厚に沁み付き、刺激が鼻腔から股間に悩ましく伝わってきた。

由香利も甘ったるい匂いを揺らめかせながら、ためらいなく脱いでゆき、意外に豊かな乳房を露わにした。

どうやら着瘦せするたちらしく、腰のラインも豊かである。

そして彼女は最後の一枚を脱ぎ去ると、一糸まとわぬ姿になり、メガネを外そうとした。

「あ、メガネはそのままかけていてください」

「メガネの女好きなの？」

「ええ、いつも見ている顔が好きなので」

「そう、そのほうが私も良く見えていいわ」

言うと由香利もメガネを掛け直し、肌も隠さずベッドに上がってきた。

「何でも言うことをきくと言ったわね。私、こういうのが好きなの」

由香利は言いながら横にならず、彼の顔の横にスックと立った。

見上げると、長身の美女が長い脚をスラリと伸ばして遙か上から彼を見下ろしている。

案外毛深いほうなのか、恥毛がふんわりと濃く茂り、間近に迫る脛(すね)にもまばらな体毛が認められ、野趣溢れる魅力が感じられた。

そして、何と由香利は壁に手を付くと、片方の足を浮かせ、そっと光二の顔に足裏を乗せてきたのだった。

5

「アア、いい気持ち。無垢な子の顔を踏めるなんて……」

由香利がうっとりと喘いで言い、光二の顔にグリグリと、痛くない程度に足裏を擦りつけてきた。

どうやら彼女は、サドっぽい性癖を持っていたようだ。

中に入り込んでいる麗子も、彼女を操るまでもなく、ひっそりと麗子の行為と感覚を味わっているのだろう。

光二は激しい興奮に包まれながら、足裏に舌を這わせた。

すると由香利は、ことさら彼の鼻の穴に指を押しつけてきたのだ。

「匂うでしょう。でも嫌じゃなさそうで嬉しいわ」

由香利は言いながら、彼の強ばりが一向に萎えないのを満足そうに見ていた。

光二も、ムレムレになった指の股の匂いに酔いしれた。

由香利はさらに、彼の口に爪先を潜り込ませてきた。

彼も嬉々としてしゃぶり付き、指の間に舌を割り込ませて汗と脂の湿り気を味わった。

「ああ、いい子ね。くすぐったくていい気持ち……」

由香利は言い、全ての指の股をしゃぶられると、そっと足を交代させた。

光二も興奮しながら新鮮な味と匂いを貪り、メガネ美女の両足とも堪能したのだった。

すると彼女が光二の顔の左右に足を置き、和式トイレスタイルでゆっくりしゃがみ込んできたのだ。長い脚がM字になると、白い内腿と脹ら脛がムッチリと張り詰め、股間が鼻先に迫った。

熱気と湿り気が顔中を覆い、割れ目からはみ出した花びらがヌラヌラと溢れる大量の愛液に潤い、陰唇と内腿の間に糸さえ引いていた。

「初めてなら中も見たいでしょう」

彼が開くまでもなく、由香利は言うと両手の指を当て、グイッと陰唇を左右に広げてくれた。まるで幼い弟に、果実の皮を剝いて食べさせてくれるような仕草である。

そして開かれた割れ目を見上げ、彼は目を見張った。

何と包皮を持ち上げるように突き立ったクリトリスは、親指の先ほどもある大きなもので、ツヤツヤとピンクの光沢を放っていたのだ。まるで幼児のペニスのようである。

襞の入り組む膣口からは、白っぽい本気汁が滲み、ポツンとした尿道口もはっきり見えた。

しかも尻の谷間の蕾も、レモンの先のように突き出た艶めかしい形をしていたのである。

大きなクリトリスも突き出た肛門も、知的で清楚な着衣からは想像もつかず、やはり女性というのは脱がせて見ないと分からないものだと思った。

「ああ、そんなに見ていないで舐めなさい……」

由香利が、真下からの熱い視線と息を感じながら言い、トロトロと愛液を漏らしながら割れ目を彼の口に押しつけてきた。

光二も、鼻に密着する茂みに籠もる、濃厚に蒸れた匂いに噎せ返りながら、舌を這わせていった。

汗と残尿臭と、大量の愛液による生臭い成分が入り交じり、悩ましく鼻腔が刺激された。ヌメリはやはり淡い酸味を含み、舐めても舐めても泉のように溢れて飲み込めるほどだった。

「すごく匂いでしょうけど、嫌じゃなさそうなので嬉しいわ。もっと舐めて」

由香利が熱く囁きながら、執拗に大きなクリトリスを押しつけてきた。

光二も息づく膣口を探ってから、クリトリスに吸い付くと、

「あう……、そこ……」

由香利が呻き、ヒクヒクと下腹を波打たせた。

突起が大きいので乳首のように吸うことができ、彼は嗅ぎながらチロチロと執拗に舌を這い回らせた。

「そこ、嚙んで……」

由香利が言い、彼もそっと前歯でコリコリとクリトリスを刺激してやった。

ソフトな愛撫より、痛いぐらいの刺激のほうが好みなのだろう。

「アア……、いい気持ちよ……」

由香利が喘ぎ、彼も愛撫を続けていると滴る愛液が顎から首筋にまで生ぬるくヌラヌラと伝い流れてきた。

そして味と匂いを堪能し尽くすと、由香利のほうから腰を移動させ、前進して尻の谷間を押しつけてきたのだ。

「ここも舐めて……」

彼女が言うと、光二はレモンの先のようなピンクの蕾に鼻を埋めて蒸れた匂いを貪り、チロチロと舌を這わせていった。

ヌルッと潜り込ませると、微妙に甘苦く滑らかな粘膜が、舌先を味わうようにモグモグと締め付けてきた。

「アア、いい子ね、もっと動かして……」

由香利が肛門を息づかせて言い、彼も中で舌を蠢かせた。

すると肛門の締め付けと連動するように割れ目が収縮し、新たな愛液が彼の鼻先にトロリと垂れてきた。

やがて由香利の前も後ろも充分に味わうと、彼女もしゃがみ込んでいられなくなったように腰を浮かせて移動した。

　仰向けの光二の上を下降すると、由香利は彼を大股開きにさせ、両脚を浮かせて尻の谷間に舌を這わせてきた。

「あう……」

　ヌルッと舌が潜り込むと、光二は呻きながらキュッと肛門で美女の舌先を締め付けた。

　由香利も彼がしたように中で舌を蠢かせ、熱い鼻息で陰嚢をくすぐりながら、出し入れさせるように動かした。

「アア、気持ちいい……」

　光二は美女の舌に犯されている心地で喘ぎ、妖しい快感に悶えた。

　ようやく脚が下ろされると、由香利は陰嚢にしゃぶり付き、睾丸を舌で転がしては、チュッと吸い付いてきた。

「く……」

　急所なので、強く吸われると彼は呻き、思わず腰を浮かせた。

　やがて彼女は陰嚢全体を生温かな唾液にまみれさせると、さらに前進した。

「すごい勃ってるわ。ツヤツヤして綺麗な色……」

近々と顔を寄せ、熱い視線を這わせながら言うと、彼女は幹を撫で、張り詰めた亀頭にも触れてきた。

「ああ……」

「先っぽが濡れてるわ。でもまた出したらダメよ」

由香利は言い、肉棒の裏側をゆっくり舐め上げ、粘液の滲む尿道口をチロチロとしゃぶった。そして亀頭をくわえ、モグモグとたぐるように喉の奥まで呑み込んでいった。

彼自身は、根元までスッポリと美女の温かく濡れた口に含まれ、快感に幹を震わせた。

「ンン……」

由香利は熱く鼻を鳴らし、息で恥毛をくすぐると幹を締め付けて吸った。

口の中ではクチュクチュと舌がからまり、たちまちペニス全体は美女の温かな唾液にまみれた。

さらに顔を上下させ、スポスポと強烈な摩擦が開始されると、

「い、いきそう……」

光二が降参するように言い、暴発を堪えて腰をよじった。

すると由香利も、上気した頬をすぼめてチューッと強く吸い付きながらスポンと引き抜いてくれた。

「いいわ、上になって」

彼女が言って横になったので、光二も入れ替わりにノロノロと身を起こした。

由香利は仰向けになりながら、彼の顔を抱き寄せて柔らかな乳房に招いた。

光二もコリコリと硬くなった乳首にチュッと吸い付き、舌で転がしながら顔中で膨らみを味わった。

「そこも噛んで……」

由香利が言い、彼も軽く前歯で乳首を刺激し、左右とも充分に味わった。

さらに自分から彼女の腋の下に鼻を埋め込んでいくと、何とそこには色っぽい腋毛が煙っていたのである。

どうやら腋も脛もケアなどせず、自然のままでいる主義なのかもしれない。

あるいは彼氏と別れてから、誰ともしていない証なのだろうか。

光二は恥毛に似た感触に鼻を擦りつけ、隅々に籠もる甘ったるい濃厚な汗の匂いに噎せ返った。

やがて充分に美女の体臭で胸を満たすと、由香利が口を開いた。

「いいわ、そろそろ入れたいでしょう。上から入れなさい」

言われると、光二も素直に身を起こした。

本当は女上位で交わりたかったが、由香利が求めているので彼女の股を開き、股間を進めていったのだった。

第四章　メガネ美女の熱き欲望

1

「待って、その前にこれをお尻の穴に入れて」

由香利が言い、枕元の引き出しから何か取り出して光二に渡した。

見ると、それは楕円形のローターだ。

彼も興味を覚え、由香利の股間に向かうと彼女も自ら両脚を浮かせ、尻を突き出してきた。

割れ目から滴る愛液に濡れた肛門に、ローターをあてがい、指で押し込んでいくと、彼女も慣れているのかモグモグと滑らかに呑み込んでいった。

丸く開いた肛門に深々とローターが潜り込んでゆき、完全に見えなくなると肛門もレモンの先のような形に戻り、あとは電池ボックスに繫がるコードが伸びているだけとなった。

スイッチを入れると、奥からブーン…と低くくぐもった振動音が聞こえ、

「あう、いいわ、入れて……」

由香利も脚を下ろしてせがんできた。

光二は興奮を高めながら股間を進め、先端を濡れた割れ目に擦りつけてヌメリを与えた。

彼女も期待に息を詰め、僅かに腰を浮かせて誘導してくれ、彼も先端を膣口にあてがうと、ゆっくり押し込んでいった。ヌルヌルッと心地よい肉襞に幹を擦られながら、滑らかに根元まで挿入すると、

「アア……、いい……！」

由香利が顔を仰け反らせて喘ぎ、キュッと締め付けてきた。

光二も股間を密着させ、温もりと感触を味わった。

しかも肛門内部にあるローターの震動が間の肉を通し、ペニスの裏側にも妖しく伝わってくるのだ。

初めての感覚に高まりながら身を重ねていくと、下から由香利が両手を回してきつく抱き留めてくれた。胸の下で押し潰れる乳房が弾み、そのまま彼女は光二の頬を両手で挟んで引き寄せ、ピッタリと唇を重ねた。

「ンン……」

由香利は熱く呻き、鼻息で彼の鼻腔を湿らせながら長い舌をからめてきた。

光二も舌を動かし、美女の生温かな唾液に濡れ、チロチロと滑らかに蠢く舌を味わった。

そして彼女がズンズンと股間を突き上げてきたので、光二も徐々に腰を突き動かしはじめた。たちまち二人のリズムが一致し、クチュクチュと湿った摩擦音が聞こえてきた。

「アア……、いいわ、いきそうよ……、もっと突いて……」

口を離すと、由香利が熱くせがんで潤いと収縮を強めてきた。

彼女の湿り気ある吐息は花粉のような甘い匂いがし、それに淡いオニオン臭が混じって悩ましく鼻腔が刺激された。

光二は彼女の喘ぐ口に鼻を押しつけ、胸いっぱいに濃厚な吐息を嗅ぎながら、いつしか股間をぶつけるように動いていた。

たちまち限界が迫り、いってもいいかと彼が訊こうとした途端、

「い、いく、気持ちいい……、アアーッ……!」

先に由香利が声を上げ、ガクガクと狂おしい痙攣を開始したのだ。しかもブ

リッジするように、彼を乗せたまま腰を跳ね上げては激しく反り返った。

その収縮と、凄まじいオルガスムスの波に巻き込まれ、光二も暴れ馬にしがみつく思いで、続いて昇り詰めてしまった。

「く……！」

大きな絶頂の快感に貫かれて呻き、彼が熱い大量のザーメンをドクンドクンと勢いよくほとばしらせると、

「あう、もっと出して……」

噴出を感じた由香利が、駄目押しの快感に口走って収縮を強めた。

光二は心ゆくまで快感を嚙み締め、最後の一滴まで出し尽くしていった。

腰の動きを止めてグッタリとのしかかると、

「ああ……」

由香利も満足げに声を洩らし、肌の強ばりを解いていった。

しかしまだローターの振動と収縮が続いているので、彼自身は内部でヒクヒクと過敏に跳ね上がった。

彼は完全に力を抜き、由香利の喘ぐ口に鼻を押しつけ、熱く濃厚な花粉臭の吐息を嗅ぎながら、うっとりと余韻を味わった。

すると光二の頭の中に、ようやく息も絶えだえになった麗子の声が、か細く伝わってきた。

『快感がすごすぎるわ。死ぬかと思った……』

もう死んでるじゃないかとツッコミを入れたかったが、確かに前後の穴で感じた麗子の快感は通常とは比べものにならなかったのだろう。

さらに麗子は、彼の射精快感まで同時に味わったのだから、相当に快感が激しかったようだ。

やがて由香利が回していた両手を離して身を投げ出したので、光二は身を起こし、ティッシュを手にしながら股間を引き離していった。

そして手早くペニスを拭いながらローターのスイッチを切り、コードを摑んでちぎれないよう注意しながら引き抜いていった。

見る見る蕾が丸く広がり、奥からローターが顔を覗かせた。

すると排泄するようにツルッとローターが抜け落ちると、

「く……」

由香利が小さく呻き、一瞬粘膜を覗かせた肛門も、見る見るつぼまって元のレモンの先の形状に戻っていった。

ローターには汚れも曇りもないが、嗅ぐとほのかに生々しいビネガー臭が感じられ、彼は急激に回復してきた。

「シャワー浴びるわ……」

由香利が呼吸を整えて身を起こし、ベッドから出たので光二も一緒にバスルームへ移動した。

中は狭く、バスタブに洋式便器が並んでいた。

二人で空のバスタブに入って身を寄せ合い、シャワーを浴びて股間を洗い流した。

メガネを外した由香利も、洗ってほっとしたようだ。

由香利の素顔は見知らぬ美女を見るようで、光二はすぐにもムクムクと元の硬さと大きさを取り戻し、バスルームなので例のものを求めてしまった。

「ね、オシッコ出すところ見たい」

「いいわ、ちょうどしたかったところだから」

言うと由香利も、他の女性とは違いためらいなく応じてくれた。

「こうしたほうが良く見えるわね」

由香利は言うと、手すりに摑まってバスタブのふちに乗って跨がると、大きく脚をM字にさせた。

光二もバスタブの中に座り込み、開かれた割れ目に顔を寄せた。

湿った恥毛に鼻を埋めて嗅いだが、やはり大部分の匂いは薄れてしまった。

それでも大きく突き出したクリトリスを舐め回すと、新たな愛液がヌラヌラと漏れてきた。

「あう、出そうよ……」

由香利が内腿を張り詰めさせて呻き、すっかり尿意が高まったようだ。

柔肉を舐めていると収縮が増し、間もなくチョロチョロと熱い流れがほとばしってきた。

「ああ……、いい気持ち……」

遠慮なく勢いを付けて放尿しながら、由香利がうっとりと喘いだ。

光二も口に受けて、やや濃い味と匂いを堪能し、喉に流し込んだ。勢いがあるので溢れた分が全身を温かく這い回った。

放尿は溺(おぼ)れそうになるほど延々と続いたが、ようやく勢いが衰えると、間もなく流れがおさまった。

光二は残り香の中で余りの雫をすすったが、ポタポタ滴る雫に愛液が混じり、ツツーッと糸を引いた。まだまだ彼女も、一回でおさまらない光司と同様に、熱い淫気をくすぶらせているようだ。

やがて由香利が脚を下ろしてバスタブの中に下り、もう一度二人でシャワーを浴びてから身体を拭いた。

部屋のベッドに戻ると由香利がまたメガネをかけ、彼を仰向けに横たえた。

「すごいわ、もう一度できるのね」

彼女が屹立したペニスに屈み込んで言い、幹に指を添えながら先端にチロチロと舌を這わせてきた。さらに張り詰めた亀頭を含み、スッポリと喉の奥まで呑み込んでいった。

「アア、気持ちいい……」

光二は幹をヒクつかせながら喘ぎ、美女の口の中で舌に翻弄(ほんろう)されながら最大限に膨張していった。

由香利は顔を上下させ、スポスポと強烈な摩擦を開始した。

彼もズンズンと股間を突き上げ、唾液にまみれながら急激に絶頂を迫らせたのだった。

頃合を見て、由香利がスポンと口を引き離した。

「上から入れていい?」

「ええ……」

願ってもないことを言われ、彼は頷いた。

「肛門にローター入れてみる?」

「そ、それは勘弁して下さい……」

光二が怖じ気(おけ)づいて答えると、彼女も無理強いはせず、身を起こして彼の股間に跨がってきた。そして唾液に濡れた先端に割れ目を押し当て、感触を味わうようにゆっくり腰を沈めた。

たちまち彼自身は、ヌルヌルッと滑らかに根元まで呑み込まれていった。

2

「アアッ……、いいわ、すごく感じる……!」

由香利が完全に股間を密着させ、深々と光二自身を受け入れて喘いだ。

光二も肉襞の摩擦と締め付けにうっとりとなり、両手を伸ばして彼女を抱き寄せた。

由香利が身を重ねてくると、彼は下からしがみつき両膝を立てて尻を支えた。

「ああ、可愛いわ。前から君を食べたかったの……」

彼女がのしかかり、近々と迫って燃えるような熱い息で囁く。

「言ってくれれば良かったのに」

「年中顔を合わせるので気まずくなると困ると思って。でも夏休みだから、何とか会いたいと思っていたの、君のほうから来てくれて良かったわ」

由香利が言い、光二は花粉臭の吐息に酔いしれながら膣内のペニスをヒクヒク震わせた。

彼女も感じたようで、徐々に腰を動かしながら光二の顔中にキスの雨を降らせてきた。

「ああ、顔中ヌルヌルにして……」

股間を突き上げながらせがむと、由香利も唾液を垂らしながら彼の顔中を舐め回してくれた。

唾液を舌で塗り付ける感じで、たちまち彼の顔中が生温かな唾液にヌルヌルとまみれ、唾液と吐息の混じった悩ましい匂いが鼻腔を刺激した。

もちろん舌もからませ合ううち、彼は突き上げが止まらなくなった。

揉みくちゃにされた。

「あう、まだダメ、我慢して……」

弱音を吐くと由香利が呻いて答え、それでも艶めかしい摩擦と収縮で彼自身は揉みくちゃにされた。

いくら堪えても限界に達し、光二は激しく昇り詰めてしまった。

「い、いく……、ああ、気持ちいい……！」

彼が口走ると同時に、ありったけの熱いザーメンをドクンドクンと勢いよくほとばしらせると、

「いく……、アアーッ……！」

噴出を受けると、由香利も辛うじてオルガスムスを合わせることができたようで、声を上げながらガクガクと狂おしい痙攣を開始した。

何やら全身まで吸い込まれそうな収縮と蠢動で、彼は溶けてしまいそうな快感を味わいながら、最後の一滴まで出し尽くしていった。

すっかり満足して突き上げを弱めていくと、

「アア、二回とも気持ち良くいけたわ……」

由香利も溜息混じりに言い、硬直を解いてグッタリともたれかかってきた。

まだ収縮が続き、幹がヒクヒクと過敏に震えた。

そして重みと温もりを味わい、由香利の濃厚な吐息を嗅いで鼻腔を刺激されながら、彼はうっとりと余韻を嚙み締めた。

やがて満足げに萎えてきたペニスが、ヌメリと締め付けにツルッと抜け落ちてしまった。

「あう、離れちゃったわ……」

由香利が名残惜しげに言い、ゴロリと横になった。

「おなか空いたわね。どこかでお昼にしましょう……」

「ええ……」

光二が答えると由香利が身を起こしたので、彼も起きて再び一緒にバスルームへ行った。そしてシャワーを浴びて身体を拭くと、それで二人も身繕いをしたのだった。

ハイツを出て駅へ向かい、二人はレストランで遅めの昼食にした。

光二はハンバーグ定食、由香利はステーキで、麗子も二人の中に交互に入って一緒に味わっていた。

と、麗子が彼の中に語りかけてきた。

『この人、両刀だわ。女子学生ともしているみたい』

『へえ……』

言われて光二も、性や快楽に奔放そうな由香利なら、レズプレイぐらいしているかもしれないと思った。

『光二さんとの3Pも企んでいるみたいよ』

『それは嬉しい……』

食事しながら彼が思っていると、由香利のほうから言ってきた。

「前に文芸サークルに遊びに来た麻生恵美子という子、覚えている？　四年生で水泳部のキャプテンを引退した」

「ええ、知ってます」

彼は答え、ショートカットで筋肉質だった二十二歳の恵美子を思い浮かべた。

「恵美子も彼氏と別れて、たまに私と遊んでいるのだけど、今度三人でしてみない？」

「え……、い、いいですよ。彼女さえ良いというなら……」

麗子から聞いていたとは言え、はっきり由香利に言われると彼はドキリと胸を高鳴らせて答えた。股間が熱くなり、二回も射精したばかりというのに、今日すぐにも三人でしたくなってしまった。

「ええ、私が誘えば大丈夫よ」

「でも彼女は水泳部のホープだったから、僕みたいな色白で運動音痴のタイプは嫌いじゃないかな」

「ううん、文学青年タイプが好きだって言っていたから」

由香利が言い、目をキラキラさせてすっかり彼女も３Ｐをする気になっているようだ。

恵美子はもうクラブ活動を引退しているが、来春からも大学に助手として残るらしいので、特に就職活動で忙しいわけではないのだろう。

「じゃ、都合を聞いておくから、決まったらメールするわね」

由香利が言い、光二も期待に胸を震わせながら食事を終えたのだった。

そして食後のコーヒーを飲み終わると、由香利が支払いをしてくれ、二人でレストランを出た。

駅前で別れ、由香利はハイツへと戻り、光二は電車に乗って帰途についたのだった。

『今日は遠出できて嬉しかったわ。すごい快感も得られたし』

麗子が、まだ興奮冷めやらぬように言う。おそらく3Pも激しく期待しているのだろう。

やがて光二は神社に戻ると美保子に挨拶し、離れに入った。

投稿小説にかかろうかとも思ったが、何も浮かばず、ネットを少ししただけで夕方まで寝てしまった。

せっかくの夏休みなのに、こうして毎日グダグダしてしまいそうである。

しかし女性体験だけは、今までに無かったことだから最も充実していた。

そして光二は日が暮れる頃起き出し、美保子が持ってきてくれた総菜で夕食を済ませると、風呂に入って歯磨きをし、また横になった。

するとドアがノックされ、何と美保子が入ってきたのだった。

3

「ごめんなさいね。いいかしら、私、どうにも……」

美保子がモジモジと光二に言い、甘ったるい匂いを漂わせた。

やはり一度一線を越えてしまうと、すっかり我慢できなくなっているようだ。

前はラブホテルだったから奔放になれたが、さすがに同じ神社の敷地内となると、離れとはいえ躊躇いと緊張があるのだろう。それでも彼女は堪えきれず淫気に突き動かされたようだった。

「伯父さんは大丈夫かな……」

「ええ、今夜は一杯やって寝てしまったから、朝まで起きないわ」

確かに孝一郎は酒好きなのに弱いし、夫婦の寝室は別らしい。

光二も午後に一眠りしたため、すっかり淫気満々になっていた。憧れの伯母なら文句はない。

麗子も、邪魔しないよう黙って美保子に入り込んで快感を得たいようだ。何しろ麗子は肉体がないから、何度絶頂を味わっても疲労しないのである。

幸い、美保子はまだ入浴前らしい。彼の性癖を知っているからか、気が急いていたのかは分からない。

「じゃ、脱ぎましょう」

「シャワー借りてはダメ？」

言うと美保子が答えた。今夜は孝一郎が飲んで寝てしまい、風呂は沸かさなかったようだ。

「もちろんダメです。僕、伯母さんの自然のままの匂いが大好きなので」

「まあ……」

言うと美保子が羞じらいに声を震わせた。

それでも光二が手早く脱いでいくと、彼女も脱ぎはじめ、あとはためらいなく一糸まとわぬ姿になっていった。その隙に、麗子もスッと美保子の中に入り込んでいった。

彼は美保子を布団に仰向けにさせ、屈み込んで足裏から舌を這わせていった。

「あう、そんなところから……」

美保子は驚いたようにビクリと身じろいで言ったが、もちろん拒むことはしなかった。

形良く揃った足指に鼻を割り込ませて嗅ぐと、やはりそこは汗と脂にジットリ湿り、生ぬるく蒸れた匂いが濃く沁み付いていた。

光二は匂いを貪ってから爪先にしゃぶり付き、順々に舌を割り込ませて湿り気を味わった。

「アアッ……、ダメ……」

美保子は熱く喘ぎ、クネクネと身悶えたが、すっかり淫気で朦朧となっているようだ。彼は両足とも全ての味と匂いを堪能し、股を開かせて脚の内側を舐め上げていった。

白くムッチリと量感ある内腿をたどり、股間に迫って見ると、はみ出した陰唇はヌラヌラと大量の愛液に潤っていた。

堪らず柔かな茂みに鼻を擦りつけ、蒸れた汗とオシッコの匂いで鼻腔を刺激されながら、舌を挿し入れていった。

淡い酸味のヌメリを掻き回し、息づく膣口から光沢あるクリトリスまで舐め上げていくと、

「アア……、いい気持ち……」

美保子が顔を仰け反らせ、キュッと内腿で彼の両頬を挟み付けてきた。

光二は豊満な腰を抱え込んで押さえ、執拗にクリトリスを舐め回しては、泉のように溢れてくる愛液をすすった。

味と匂いを充分に貪ると、さらに彼女の両脚を浮かせ、白く豊かな尻に迫っていった。

谷間の奥にひっそり閉じられた薄桃色の蕾に鼻を埋め込み、蒸れた匂いを吸収してから舌を這わせ、ヌルッと潜り込ませた。

「あう……」

美保子が呻き、モグモグと肛門で舌先を締め付けてきた。

光二は淡く甘苦い粘膜を味わい、舌を出し入れさせるように動かしてから、脚を下ろして再び割れ目に戻っていった。

大量の愛液を掬い取り、クリトリスに吸い付きながら、左右の人差し指を肛門と膣口に潜り込ませた。そしてクチュクチュと小刻みに内壁を擦りながら、なおもクリトリスを舐め回すと、

「アア……、ダメ、いきそうよ……」

三箇所を攻められた美保子が声を上ずらせて喘ぎ、前後の穴でキュッキュッときつく彼の指を締め付けてきた。

「お、お願い、入れて……、光二さん……！」

美保子が熱くせがみ、彼も性急に挿入したくなった。

舌を引っ込め、前後の穴からヌルッと指を引き抜くと、

「く……！」

美保子が呻き、割れ目からトロリと新たな蜜を漏らした。

膣内に入っていた指は湯上がりのようにふやけ、攪拌（かくはん）され白っぽく濁った愛液

にまみれている。肛門に入っていた指は汚れの付着もないが、嗅ぐと生々しい匂いが感じられた。

光二は興奮を高めて身を起こし、股間を進めていった。

幹に指を添えて張り詰めた亀頭を割れ目に擦りつけ、充分にヌメリを与えてからゆっくり味わうように挿入していった。

たちまち彼自身が、ヌルヌルッと滑らかに根元まで潜り込むと、

「アアッ……、いい……！」

彼女が身を弓なりに反らせて喘ぎ、モグモグと若いペニスを締め付けてきた。

光二は股間を密着させ、温もりと感触を味わいながら、脚を伸ばして身を重ねていった。

屈み込んでチュッと乳首に吸い付き、顔中を巨乳に押しつけて弾力を味わい、充分に舌で転がして味わった。

左右の乳首を愛撫してから、もちろん腋の下にも鼻を埋め込み、濃厚に甘ったるい汗の匂いでうっとりと胸を満たすと、美保子がズンズンと股間を突き上げはじめてきた。

光二も合わせて腰を突き動かすと、クチュクチュと淫らに湿った摩擦音が聞こ

えてきた。

彼は上から唇を重ね、舌を挿し入れてネットリとからませた。

「ンン……」

美保子も腰を跳ね上げながら熱く呻き、彼の舌に吸い付いてきた。

「アア……、いきそうよ……」

なおも動いていると彼女が口を離して喘ぎ、光二は熱く湿り気ある、濃厚な白粉臭の吐息に酔いしれた。

どうせ二回ぐらいできるのだから、ここで一度出して落ち着こうかと思い、動きを強めていった。

ネット情報で知ったところによると原始時代、亀頭のカリ首は中にある他の男のザーメンを掻き出すためにあったという。そのため女性は、突くよりも引く時が感じるらしいので、彼も深く入れながら引くことを意識して、何度もカリ首で天井の内壁を擦った。

「ああ……、すごいわ……」

彼女も激しく反応して熟れ肌を震わせて喘ぎ、光二も悩ましい吐息の匂いに絶頂を迫らせていった。

しかし、急に美保子が突き上げを止めたのだ。

「ね、光二さん、お尻の穴を犯して……」

「え……」

いきなり言われ、彼も驚いて動きを止めた。

「前から一度してみたかったの……」

美保子が言うので、どうやらアナルセックスは未体験らしい。

しかし由香利も肛門にローターを入れたりして感じていたので、美保子も強い好奇心があるのだろう。

「じゃ、無理だったら言って下さいね」

光二は答えて身を起こし、いったんヌルッと引き抜いた。

すると美保子は自ら両脚を浮かせ、両手で抱えながら白く豊満な尻を突き出してきたのだった。

見ると割れ目から溢れる愛液が、可憐な肛門をヌメヌメと潤わせていた。

美保子は括約筋を緩めるよう口呼吸し、襞を息づかせている。

彼も股間を進め、愛液に濡れた先端を蕾に押し当て、呼吸を計りながらゆっくり押し込んでいった。

するとタイミングが良かったか、一気に亀頭がズブリと潜り込んでしまった。襞が丸く押し広がり、ピンと広がって光沢を放ったが、最も太いカリ首まで入ったので、あとは比較的楽に根元まで入れることができた。

「あう……、変な感じ……」

美保子が脂汗を滲ませて呻き、異物を味わうように締め付けてきた。光二も股間を押しつけると、尻の丸みが密着して心地よく弾んだ。

「大丈夫ですか」

「ええ、突いて、強く奥まで……」

訊くと美保子が答え、光二も様子を見ながら小刻みに腰を動かしはじめた。彼女も徐々に、括約筋の緩急(かんきゅう)のつけ方に慣れてきたのか、次第に滑らかに動けるようになっていった。

さすがに入り口はきついが、中は思ったより広い感じで、ベタつきもなく滑らかな感触だった。

そして何より、熟れた美保子の肉体に残った、最後の処女の部分を頂いた悦びが大きく、次第に彼は動きを速めていった。

麗子は何も言わないので、やはり彼の高まりの邪魔をしないようじっと黙り、初めての体験を嚙み締めているのだろう。

「ああ、いい気持ち……」

美保子が喘ぎ、いつしか自分で乳首を摘んで動かし、もう片方の手では割れ目をいじり、愛液の付いた指の腹で執拗にクリトリスを擦っていた。

美熟女のオナニーの様子に彼は高まり、股間をぶつけるように激しく突き動かしているうち絶頂が迫ってきた。

「い、いきそう……」

「いいわ、中にいっぱい出して……」

お伺いを立てると、美保子も収縮を強めて答えた。

たちまち光二はきつい摩擦と締め付けの中で昇り詰め、

「ああ、気持ちいい……！」

快感に口走りながら熱いザーメンをドクンドクンと注入した。

「あう、出ているのね、もっと……、アアーッ……！」

噴出を感じた途端に美保子も声を上げ、ガクガクと狂おしいオルガスムスの痙攣を開始した。しかしアヌス感覚というよりは、クリトリスをいじって果てたのかもしれない。

絶頂による膣内の収縮と連動するように、直腸内部もキュキュッと収縮し、彼は快感を噛み締めながら、心置きなく最後の一滴まで出し尽くした。

なおも律動(りつどう)していると、中に満ちるザーメンで、さらに動きがヌラヌラと滑らかになった。

「ああ……」

光二は、アナルセックス初体験の感激を込めて声を洩らし、やがて動きを弱めていったのだった。

4

「初めて入れられたけど、すごく良かったわ……」

美保子が熟れ肌の強ばりを解いて言い、光二も身を起こしながらゆっくりと引き抜きにかかった。

するとヌメリと締め付けで、力など入れなくてもペニスはヌルヌルと押し出され、やがて排泄されるようにツルッと抜け落ちた。何やら、美女の排泄物にでもなったような興奮が湧いた。

ペニスに汚れはなく、一瞬丸く開いて粘膜を覗かせた肛門も、徐々につぼまって元の可憐な形に戻っていった。もちろん裂けたような痕跡もなく、ザーメンが漏れないようにキュッと引き締まった。

「さあ、早く洗ったほうがいいわ……」

美保子はまだ息を弾ませて言い、余韻も味わわずに身を起こしてきた。

光二も一緒にバスルームへ行くと、彼女がシャワーの湯を出し、甲斐甲斐しくボディソープでペニスを洗ってくれた。

湯を浴びせてシャボンを流すと、

「オシッコ出しなさい。中からも洗わないと」

言われて、彼も回復を堪えながら懸命にチョロチョロと放尿を済ませた。

見られながら出しきるのは、興奮との戦いでかなり苦労したものだ。

すると美保子がもう一度湯を浴びせて洗い、屈み込んで消毒するようにチロリと尿道口を舐めてくれた。

「あう……」

その刺激に呻くと同時に、彼自身はムクムクと鎌首を持ち上げ、完全に元の硬さに戻ってしまった。

「まだ足りないのね……」

「ええ、今度は伯母さんの前のほうでいきたい。その前に、伯母さんもオシッコ出して」

美保子が期待に目を輝かせ、回復を見ながら言うので、やはり彼女も後ろの穴だけでは物足りないのだろう。

光二は床に座り込んで言い、目の前に彼女を立たせた。

すると彼女も自分から片方の足を浮かせてバスタブのふちに乗せ、開いた股間を突き出してくれたのだ。

茂みに鼻を埋めると匂いは薄れてしまったが、やはり舐めると新たな愛液が溢れて舌の動きを滑らかにさせた。

彼はクリトリスを舐めながら、指を肛門に這わせてヌルッと押し込んでみた。

中にはまだザーメンが残り、指は滑らかに吸い込まれた。

「あう、ダメよ……」

尿意を高める集中ができないように、彼女が腰をくねらせて言う。あるいは後ろのほうからも出そうになり、必死に締め付けているのかもしれない。

彼も指を引き抜き、嗅いでみたが微かなザーメンの匂いしかしなかった。

すると美保子もすっかり尿意を催したか、舐めている柔肉が妖しく蠢いて温もりが増してきた。

「出るわ……」

美保子が言うなり、チョロチョロと熱い流れがほとばしってきた。

舌に受け、喉に流し込んでも抵抗ないほど淡い味わいだった。

勢いが増すと口から溢れ、温かな流れが肌を心地よく伝った。

「アア……」

美保子は放尿しながら壁に手を突いて膝を震わせ、彼の口に泡立つ音を聞くたび興奮を高めて喘いだ。

ようやく勢いが衰え、流れがおさまってしまうと光二は余りの雫をすすり、匂いを貪りながら割れ目内部を舐め回した。

「も、もうダメ……、あとはお布団で……」

美保子が言って脚を下ろし、身を離して椅子に座り込んだので彼も再びシャワーを浴びた。

互いに身体を拭いて布団に戻ると、美保子は彼を仰向けにさせて股間に屈み込んできた。

粘液が滲みはじめた尿道口をチロチロと舐め回し、熱い息を股間に籠もらせながら張り詰めた亀頭をしゃぶった。

「ああ、気持ちいい……」

光二も快感に喘ぎ、美熟女の愛撫に身を委ねた。

「ンン……」

美保子は喉の奥までスッポリと呑み込んで熱く鼻を鳴らし、幹を締め付けて強く吸い付いた。舌の表面と口蓋(こうがい)に亀頭を挟み、さらに顔を上下させスポスポと摩擦してくれた。

彼もズンズンと股間を突き上げ、たちまち高まってきた。

「い、いきそう……、上から跨いで……」

腰をよじって言うと、美保子もスポンと口を離して身を起こし、前進して彼の股間に跨がってきた。

先端に濡れた割れ目を擦りつけ、位置を定めると息を詰め、ゆっくり腰を沈み込ませていった。

たちまち彼自身は、ヌルヌルッと滑らかに根元まで呑み込まれ、彼女の股間が心地よくピッタリと密着してきた。

「アアッ……、いい気持ち……」

美保子が顔を仰け反らせて喘ぎ、巨乳を息づかせながら締め付けた。

やはりアヌスよりも膣のほうが良いのだろう。

光二も温もりと締め付けを味わいながら、内部でヒクヒクと幹を震わせた。

何度か股間をグリグリと擦りつけていた美保子も、やがてゆっくりと身を重ねてきた。

彼も両手を回してしがみつき、両膝を立てて豊満な尻を支えた。

胸に巨乳が密着して弾み、美保子が上から唇を重ねながら徐々に腰を動かしはじめた。

光二も舌をからめ、美女の吐息で鼻腔を湿らせながら股間を突き動かし、何とも心地よい摩擦に高まっていった。たちまちピチャクチャと音が響き、互いの股間が生温かな愛液でヌルヌルにまみれた。

「アア……、いいわ……」

美保子が口を離し、唾液の糸を引きながら熱く喘いだ。

「ね、唾を飲ませて……」

下からせがむと、彼女も喘いで乾き気味の口腔に懸命に唾液を溜めた。

そして形良い唇をすぼめて迫り、白っぽく小泡の多い唾液をトロトロと吐き出してくれた。

舌に受けて味わい、生温かな粘液でうっとりと喉を潤すと、膣内のペニスが歓喜にヒクついた。

「ペッて顔に吐きかけて」

「無理よ、そんなことできないわ……」

言うと美保子もさすがにためらって答えた。オシッコまで飲ませても、やはり唾を吐きかけるのは抵抗のある行為なのだろう。

「顔中ヌルヌルにされたい」

言うと彼女も吐きかけはしないが、唾液を垂らしながら彼の鼻筋を舐め回してくれた。

悩ましい白粉臭の吐息に唾液のヌメリと匂いが混じり、彼は鼻腔を刺激されながら突き上げを強めていった。

「アア、すごいわ、いきそうよ……」

美保子も収縮と潤いを増して喘ぎ、腰の動きを激しくさせていった。

「ね、いくときはほんの数秒なので、そのときだけはペッてして……」

優しい彼女なら、絶頂の最中だけは願いを叶えてくれそうな気がしたのだ。

そして彼は昇り詰める前に、果てたふりをしながら身を震わせた。

「い、いく、お願い……」

ガクガクと痙攣すると、美保子も唇に唾液を溜めて迫り、ペッと強く吐きかけてくれたのだった。上品な女神に唾液を吐きかけられ、たちまち彼は本当に昇り詰めてしまった。

「ああ、気持ちいい……！」

声を上げながら、ありったけの熱いザーメンを勢いよく放つと、

「い、いく……、アアーッ……！」

美保子も同時に熱く喘ぎ、ガクガクと狂おしく痙攣しながら激しいオルガスムスに達していった。

『アア……、気持ち良すぎて死ぬ……！』

すると美保子の中にいる麗子も、また幽霊ギャグを口走り、相当に大きな快感を得ているようだった。

光二は、締め付けと収縮の中で快感を嚙み締め、心置きなく最後の一滴まで出し尽くしていった。

「ああ……」

すっかり満足しながら喘ぎ、徐々に突き上げを弱めていくと、

「何て気持ちいい……、もうダメ……」

彼女も熟れ肌の硬直を解いて言い、グッタリと力を抜いて体重を預けてきた。

まだ膣内は名残惜しげにキュッキュッと締まり、刺激された幹が過敏にヒクヒクと跳ね上がった。

そして光二は、美保子の重みと温もり、熱く悩ましい吐息を間近に嗅ぎながらうっとりと快感の余韻を味わったのだった。

5

「昼間の、お尻のローターもすごかったけど、今夜の美保子さんはさらに大きく感じていたわ」

美保子がシャワーを浴びて母屋の引き上げていくと、姿を現した麗子がちゃんと声に出して光二に言った。

「うん、初回は麗子さんに操作されてラブホに入ったから戸惑いも大きかっただ

ろうけど、今夜は自分から来たんだからね」

彼も答え、灯りを消して横になった。

セーラー服姿の麗子が添い寝しているが、今日は充分すぎるほど射精したので、もう勃起はしなかった。それに麗子は匂いも実体もないから、抱くわけにもいかないのである。

と、そこへメールの着信があった。

開けて見ると由香利からで、明日の昼過ぎに恵美子と待っているのでハイツに来てほしいと書かれていた。

光二は、明日にも3Pができると思うと急激に勃起してきた。

やはり3Pは元より、まだ触れていない恵美子の匂いや感触への期待が大きいのだろう。

アスリート系は、彼にとって初めてのタイプである。

光二は了解の返信をし、ついでに、

『シャワーや歯磨きをしないで待ってて下さい』

と書き加えておいた。やはり匂いが濃厚なほど、ギャップ萌えの興奮が高まるのである。

すると、すぐに由香利から呆れたような了解の返信があり、光二はスマホを切って枕元に置いた。

「さあ、興奮に胸と股間が脹らむけど、今夜は寝よう。明日のために！」

「ええ、私も楽しみ……」

光二が言うと麗子も答え、そして彼の眠りを妨げないよう姿を消してくれた。

麗子も来るとなると、実質的には4Pに近いことになるのではないか。

彼は目を閉じ、明日に思いを馳せた。本当はジックリ今日を振り返りたいのだが、次から次へ新たな展開があるので、体はともかく頭がついていかないほどであった。

それでも間もなく光二は深い眠りに就いていった……。


――翌朝、目を覚ましたのが午前十一時少し前だ。

夢も見ず、たっぷり熟睡したので心身ともに快適である。何しろ現実のほうが夢のようなことばかりなのである。

光二は起きて顔を洗い、総菜の余りを温めてブランチを終えた。

そしてトイレ大小にシャワーと歯磨きを済ませると、洗濯済みの下着と靴下を出して身繕いした。

するとセーラー服姿の麗子も姿を現した。

彼女は飲み食いも睡眠も取らず、徐々に願望を叶えながら、一向に昇天する様子はない。

やがて離れを出ると光二は母屋へ行って、美保子に友人と会ってくると言い置いて神社を出た。

大学の最寄り駅まで中央線で出て、駅を出ると大学ではなく由香利のハイツへ向かった。さして迷うことなく、それに麗子も道を覚えているので彼は難なく到着した。

チャイムを鳴らすと、すぐに由香利が出て招き入れてくれた。ドアを内側からロックして上がり込むと、恵美子も来ていた。

「こんにちは、お久しぶり」

Tシャツにホットパンツ姿の恵美子が言い、あらためて値踏みするように光二を熱っぽく見つめてきた。

すでに由香利も恵美子も、彼が来るのを待って、すっかり淫気と期待を高めていたようだ。

室内には二人分の匂いが生ぬるく立ち籠め、彼も挨拶を返しながら恵美子のスラリとした脚を見た。さすがに水泳部のホープだけあって、引き締まった肉体は健康美に満ち溢れている。

二人は、買ってきたパスタやバーガーで昼食を終えたところのようだった。すると由香利が冷たいものを出してくれ、その間に麗子が恵美子の中に入り込み、すぐ出てきて光二に囁いた。

『すごい期待に興奮してるわ。経験した男は二人、女同士は彼女だけ。しかもシャワーも浴びず、ムレムレで来てくれているわ』

麗子の言葉に、早くも光二自身はムクムクと勃起しはじめた。

どうしても水泳選手だから年中水に浸かり、匂いのない水着姿ばかり浮かんでしまうが、今日は午前中も練習などはしなかったのだろう。水泳部からは引退しているが、習慣で水に浸かってしまったらどうしようと思っていたが杞憂だったらしい。

「二人は、女同士でしたこともあるんですか」

光二は、いきなり際どい話題を出した。

「ええ、私は下級生の女子から年中言い寄られていたけど、興味なかったの。でも由香利さんだけは別」

恵美子が答える。確かにボーイッシュで筋肉質の恵美子は、女子たちからは宝塚の男優のように憧れられていたことだろう。

しかし彼女は年下の女子に興味はなく、大人の由香利となら抵抗なく女同士で戯(たわむ)れることができたようだった。

「そうですか。それで男は、僕みたいなひ弱なタイプで大丈夫ですか？」

「私は運動部だけど、マッチョな男は好みじゃないの。前の彼氏たちも色白の秀才タイプだったわ」

恵美子が言い、それなら大丈夫だろうと光二は思った。

そして彼が冷たい麦茶で喉を潤すと、待ちきれないように由香利が立ち上がって言い、

「じゃ、脱ぎましょう。最初は私たちの好きにさせて」

自分からブラウスのボタンを外しはじめた。

光二もシャツとズボンを脱ぎ、ためらいなく靴下と下着も脱ぎ去って全裸になると、由香利の匂いの沁み付いたベッドに仰向けになった。もちろん彼自身はピンピンに突き立っている。

「すごいわ、ツヤツヤして美味しそうな色……」

恵美子が言い、自分もTシャツを脱いでホットパンツを下ろした。

横になってみていると、由香利はスレンダーな肢体を露わにしてゆき、恵美子はさすがに引き締まった肉体をしていた。

あらゆるスポーツで、水泳だけは利き腕を酷使せず、左右の筋肉を均等に使うので、実にバランスのよい肉づきだった。さすがに肩や腕は逞（たくま）しく、腹には段々になった腹筋が浮かんでいた。

乳房は由香利ほど豊かではないが形良く、張りがあって感度も良さそうな感じである。そして最後の一枚を脱ぎ去ると、水着からはみ出さないよう手入れしているのか、ぷっくりした股間の丘には楚々とした恥毛が、ほんの形ばかり煙っているだけだった。

やがて由香利も一糸まとわぬ姿になり、メガネだけかけて、恵美子と一緒に彼に迫ってきた。

仰向けの光二の左右から二人が添い寝し、遠慮なく彼の肌を撫で回してきた。

「綺麗だわ、色白でスベスベで」

「ええ、でもここだけは立派でしょう」

恵美子が彼の胸や腹を撫でて言うと、由香利が勃起した先端を指先でピンと弾いて言った。

「あう……」

光二は呻き、興奮と期待に幹を震わせた。そして今までで一番胸が高鳴り、息が弾んできた。

やはり二人の美しいお姉さんたちの熱い視線を受けるというのは、羞恥も倍になっているのだろう。しかも二人からは見えないが麗子までいるのだし、光二は開始する前から暴発しそうな高まりを覚えた。

「じゃ、じっとしているのよ」

由香利が言って屈み込み、まずは彼の右の乳首にチュッと吸い付いてきた。すると申し合わせていたように、左の乳首には恵美子の唇が密着し、それぞれチロチロと舌が這い回った。

「あう……」

光二はダブルの愛撫に呻き、クネクネと身悶えながら幹を震わせた。

ペニスばかりでなく、男でも乳首が激しく感じることは新鮮な驚きと発見であった。

「か、噛んで……」

思わず言うと、二人も熱い息で肌をくすぐりながら、綺麗な歯並びで左右の乳首をキュッと噛んでくれた。

「ああ、気持ちいい、もっと強く……」

光二はじっとしていられず腰をよじらせ、喘ぎながら甘美で強い刺激を求めて高まっていったのだった。

第五章　二人に翻弄されて昇天

1

「ああ……、き、気持ちいい……」

光二は、由香利と恵美子に左右の乳首を噛まれながら喘いだ。

痛いほどの刺激が堪らず、勃起した先端からは粘液が滲みはじめていた。

やがて二人は唇と舌を移動させ、彼の脇腹や下腹を愛撫し、彼が好むのを察したようにキュッと歯を食い込ませてくれた。

「あう、いい……」

モグモグと咀嚼（そしゃく）されるような愛撫を肌のあちこちに受けながら、光二は美女たちに食べられているような錯覚に陥った。

二人は歯形がつかない程度に肌を味わいながら下降し、やがて彼の腰から脚を舐め下りていった。

そして何と二人が同時に、彼の両の爪先にしゃぶり付いてきたのである。

「アアッ……、そこは……」

申し訳ない快感に光二は喘いだが、二人も彼を感じさせようと愛撫しているのではなく、単に女同士で一人の男を賞味しているだけのようだ。

二人も大胆に吸い付き、全ての指の間にヌルッと舌を割り込ませてきた。

美女たちの清潔な口に、両足の先を突っ込むというのもゾクゾクするような快感であった。

たちまち彼の爪先は生温かな唾液にまみれ、指の股に感じる滑らかな舌が何とも心地よかった。

やがて両足ともしゃぶり尽くすと、二人がいったん顔を上げ、

「じゃ、裏返しね」

由香利が言い、彼をうつ伏せにさせた。

光二が由香利の匂いの沁み付いた枕に顔を埋めて背面を晒すと、二人は彼の踵から脚の裏側を舐め上げ、同時に尻の双丘に吸い付いてきた。

そこにもキュッキュッと歯が食い込み、うつ伏せのため押し潰れたペニスが甘美な刺激にヒクヒクと震えた。

そして腰から背中に二人の舌が這い上がってくると、そこもゾクゾクする快感であった。

普段は彼が愛撫している場所だが、される側になるとくすぐったいような快感が堪らなく、否応なく体がくねってしまった。

しかも二人がかりだから、それぞれの舌が非対称に這い回り、やがて肩までくると、それぞれの息がうなじをくすぐった。

両耳の裏側も舐められ、彼は思わずビクリと肩をすくめた。

やがて二人の舌は背中を下降して脇腹にもキュッと歯が食い込み、尻に戻ってきた。

指で谷間がムッチリと開かれ、舌が這い回ってきた。うつ伏せで見えないが、姉貴分の由香利が先だろう。

チロチロと肛門が舐められ、ヌルッと潜り込むと、

「く……」

光二は顔を伏せて呻き、モグモグと肛門で舌先を締め付けた。

中で舌が蠢いてから、やがて離れると、微妙に感触の違う舌が這い回り、同じように潜り込んできた。

「あう……」

光二は呻き、尻をくねらせて反応した。立て続けに舐められると、それぞれの温もりや感触が異なり、そのどちらも実に心地よく、また二人がかりの贅沢な快感であった。

恵美子も充分に舌を蠢かせてから顔を上げると、

「また仰向けね」

由香利に言われ、光二は再びゴロリと寝返りを打って仰向けになった。

すると彼の股間に二人が屈み込み、頬を寄せ合って同時に陰嚢にしゃぶり付いてきた。

股間に混じり合った息が熱く籠もり、それぞれの舌が二つの睾丸を転がし、袋全体はミックスされた唾液に生温かくまみれた。

女同士で戯れた経験もあるから、二人は互いの舌が触れ合っても一向に気にならないようだ。

陰嚢をしゃぶり尽くすと二人は前進し、肉棒の裏側と側面を一緒にゆっくりと舐め上げてきた。滑らかな舌が先端までくると、二人は粘液の滲む尿道口を交互にチロチロと舐め回した。

「ああ……、気持ちいい……」

光二はダブルの快感に喘ぎ、ヒクヒクと幹を上下させた。

やがて先に由香利がスッポリと呑み込んで吸い付き、口の中でクチュクチュと舌をからめた。

そして吸い付きながらスポンと引き離すと、すかさず恵美子が深々と含んで吸い、熱い息を股間に籠もらせながら舌を蠢かせた。

それが交互に延々と繰り返され、もうどちらの口に含まれているのかも分からないほど快感で朦朧となり、さらにスポスポと摩擦されると、

「アア……、い、いきそう……」

光二は降参するように声を洩らし、クネクネと腰をよじらせた。

すると二人も、口で受ける気はないらしく顔を上げ、身を起こしてきた。

「今度は私たちを舐めるのよ」

由香利が言い、恵美子と一緒に立ち上がると、仰向けになっている彼の顔の左右にスックと立った。

全裸のスレンダー美女とアスリート美女を真下から見上げるのは、何とも壮観だった。

由香利が片方の足を浮かせ、光二の顔に乗せると、恵美子も互いに体を支え合いながら同じようにしてきた。彼は二人分の足裏を顔に受け、うっとりと酔いしれながら舌を這わせた。

「アア、いいのかしら、こんなことして……」

恵美子が、ガクガクと膝を震わせて言う。気の強そうなアスリートだが、由香利ほど奔放なプレイは体験していないのだろう。

光二は、それぞれの指の股に鼻を割り込ませ、汗と脂の湿り気を嗅ぐと、どちらもムレムレの匂いが濃く沁み付いて悩ましく鼻腔が刺激された。

特に恵美子は、年中プールに浸かっているので、濃厚なナマの匂いは貴重なものだろう。

彼は匂いに酔いしれながら、二人の爪先にしゃぶり付き、順々に指の股に舌を潜り込ませて味わった。

「あう、くすぐったくていい気持ち……」

恵美子が呻き、新鮮な感覚に声を洩らした。

やがて二人の足指をしゃぶり尽くすと、二人も自然に足を交代させ、彼は存分に指の股の味と匂いを貪り尽くしたのだった。

「先に跨ぐわね」

足を退けると由香利が言い、彼の顔に跨がり、和式トイレスタイルでしゃがみ込んできた。

脚がM字型になると内腿がムッチリと張り詰め、すでに大量の愛液にまみれている割れ目が鼻先に迫った。

大きなクリトリスがツンと突き立ち、光二は腰を抱き寄せて熱気と湿り気の籠もる中心部に鼻と口を埋め込んだ。

恥毛の隅々には濃厚に甘ったるい汗の匂いが沁み付き、それに蒸れたオシッコの匂いも混じって鼻腔が掻き回された。

彼は胸を満たして酔いしれながら舌を挿し入れ、淡い酸味のヌメリを掻き回し、息づく膣口からクリトリスまで舐め上げていった。

「アア、いい気持ち……」

由香利が熱く喘ぎ、ピッタリと股間を押しつけながらトロトロと新たな愛液を漏らしてきた。

光二は味と匂いを貪ってから、尻の真下にも顔を潜り込ませた。

本当はじっくり味わうべきなのだろうが、何しろ次が控えているので気が急いてしまう。

レモンの先のように突き出た蕾に鼻を埋め込むと、顔中に弾力ある双丘が密着してきた。

彼は蒸れた匂いを嗅いでから舌を這わせ、ヌルッと潜り込ませて滑らかな粘膜を探り、微かに甘苦い味わいを堪能した。

「あう……」

由香利が呻き、キュッときつく肛門で舌先を締め付けた。

光二が中で舌を蠢かせると、

「いいわ、恵美子にして上げて……」

彼女が言って腰を浮かせた。

すると待ちかねたように恵美子も跨いで、ためらいなくしゃがみ込み、股間を迫らせてきたのだ。クリトリスはごく普通の小豆大で、チラと見える肛門も可憐な蕾だった。

光二は恵美子の股間を見上げてから、割れ目に顔を埋め込んでいった。

手入れされた恥毛はほんのひとつまみほど丘に煙っているだけだが、鼻を埋めて嗅ぐとムレムレになった汗とオシッコの匂いが鼻腔を刺激してきた。

胸を満たしながら舌を挿し入れ、息づく膣口の襞をクチュクチュ掻き回し、ヌメリを味わいながらクリトリスまで舐め上げていくと、

「アアッ……、いい気持ちだわ……」

恵美子が喘ぎ、ギュッと割れ目を押しつけてきた。

すると由香利は彼の股間に跨がり、先端に割れ目を押し当てて腰を沈め、ヌルヌルッと女上位で交わってきたのだった。

2

「ああッ……、いいわ、すごく……」

由香利が喘ぎ、完全に股間を密着させて座りながら、光二自身をキュッときつく締め上げてきた。

彼も快感に呻き、暴発を堪えて肛門を引き締めた。

顔に恵美子が、股間に由香利が跨がっているという夢のような状況に、すぐにも漏らしそうなほど高まってしまった。

麗子も、邪魔しないよう黙っているが、おそらく二人の肉体を交互に渡り歩き、

それぞれの快感を味わっているのだろう。

光二は恵美子の割れ目の味と匂いを貪ってから、やはり尻の真下に潜り込み、顔中に引き締まった双丘を受け止めた。

可憐なピンクの蕾に籠もる蒸れた匂いを嗅ぎ、舌を這わせてヌルッと潜り込ませると、

「あう、変な気持ち……」

恵美子はあまりアヌス感覚を知らないように呻き、モグモグと肛門を締め付けてきた。彼はペニスの快感から気を紛らわすように、執拗に滑らかな粘膜を舐め回した。

やがて由香利が、前にいる恵美子の背にもたれかかりながら、スクワットするように徐々に腰を上下させはじめてきた。

溢れる愛液で、たちまち律動が滑らかになり、クチュクチュと淫らに湿った音も聞こえてきた。

由香利の動きと収縮が早くなると、彼女は恵美子の背後からしがみつき、両脇から手を回して恵美子の乳房を揉みしだいた。

「ああ……、気持ちいい……」

恵美子も喘ぎ、真下から前も後ろも舐められながら遠慮なく彼の顔に座り込んできた。

光二は心地よい窒息感と摩擦快感の中で懸命に絶頂を堪え、恵美子の肛門から割れ目に舌を戻してクリトリスに吸い付いた。

すると先に由香利が、ガクガクと狂おしい痙攣を開始したのだった。

「い、いっちゃう……、アアーッ……！」

由香利が声を上ずらせ、身悶えながら激しいオルガスムスに達してしまった。

それでも光二は、何とか耐えきることができた。やはりここ数日のハードな毎日で、すっかり耐性も出来上がってきたのだろう。

「ああ……」

由香利が声を洩らし、力を抜いてグッタリとなった。

そして彼の顔から恵美子が股間を引き離すと、由香利は身を重ねてペニスを抜き、ゴロリと横になっていった。

恵美子はすぐ移動して彼の股間に跨がり、由香利の愛液にまみれた先端に割れ目を押し当ててきた。そして味わうようにゆっくり座り込んでくると、彼自身は再びヌルヌルッと、温もりと感触の異なる膣内に深々と嵌(は)まり込んでいったのだった。

「アア……、感じる……！」

恵美子が股間を密着させて喘ぎ、光二も締め付けと摩擦の中で必死に奥歯を噛み締めた。

美女たちに、立て続けに挿入できるとは何と贅沢なことであろう。それも由香利の中で堪えきった褒美のようなものだった。

恵美子は股間を擦りつけながら、すぐにも身を重ねてきたので、光二も両手で抱き留め、膝を立てて尻を支えた。

まだ動かず、彼は潜り込むようにして恵美子の両の乳首を含んで舐め回し、腋の下にも鼻を埋めて濃厚に甘ったるい汗の匂いに噎せ返った。

そして添い寝している由香利の体も引き寄せ、同じように乳首に吸い付いて舌で転がした。

やはり二人平等に、全て味わわないと気が済まないのだった。

二人分の乳首を充分に味わい、由香利の腋の下にも鼻を埋め込み、色っぽい腋毛に沁み付いた濃厚な体臭で鼻腔を満たした。

すると恵美子が腰を動かしはじめたので、彼も股間を突き上げた。

「アア、すぐいきそうよ……」

恵美子が大量の愛液を漏らして喘ぎ、彼の股間まで生温かくビショビショにさせた。

舌から恵美子の顔を抱き寄せて唇を迫らせ、さらに由香利も引き寄せると、嫌がらず三人でピッタリと唇を重ねてくれた。

これも贅沢な体験である。

二人の唇が同時に密着し、鼻を突き合わせているので二人分の熱い吐息で彼の顔中が湿った。

舌をからませると、二人も争うように潜り込ませ、彼は混じり合った唾液をすすった。どちらの舌も滑らかに蠢き、擦りつけられる唇の感触とヌメリも興奮をそそった。

「唾を垂らして……」

囁くと、二人も殊更(ことさら)多めに唾液を分泌させ、交互にクチュッと彼の口に吐き出してくれた。彼は混じり合ったシロップを味わい、うっとりと喉を潤して甘美な興奮に包まれた。

なおもズンズンと股間を突き上げていると、

「アア……、いい気持ち……」

恵美子が口を離して熱く喘いだ。彼女の吐息はシナモン臭で、それに昼食の名残のガーリック臭が混じって鼻腔が刺激された。美女の刺激はギャップ萌えの興奮があり、彼はゾクゾクと高まった。

由香利の口にも鼻を潜り込ませて嗅ぐと、甘い花粉臭にオニオンの刺激が混じり、どちらも悩ましく胸に沁み込んできた。

「顔中ヌルヌルにして……」

さらにせがむと、二人も厭(いと)わずヌラヌラと舌を這わせてくれ、たちまち彼の顔中は混じり合った唾液でヌルヌルにまみれた。二人の吐息の匂いに、唾液の匂いも混じって鼻腔が掻き回された。

もう堪らず、光二は二人分の匂いとヌメリ、締め付けと摩擦快感の中で激しく昇り詰めてしまった。

「い、いく……、気持ちいい……！」

快感に口走りながら、熱い大量のザーメンをドクンドクンと勢いよくほとばしらせると、

「い、いっちゃう……、アアーッ……！」

恵美子も声を上げ、ガクガクと狂おしく全身を痙攣させた。

光二は股間を突き上げ、なおも二人の顔を引き寄せてそれぞれの濡れた唇に鼻を擦りつけ、悩ましく混じり合った吐息の匂いを嗅ぎながら快感を噛み締め、心置きなく最後の一滴まで出し尽くしていった。

脱力しながら突き上げを弱めていくと、

「アア……」

恵美子も満足げに声を洩らし、力を抜いてもたれかかってきた。

彼は息づく膣内でヒクヒクと過敏に幹を震わせ、二人分の悩ましい吐息を間近に嗅ぎながら、うっとりと余韻を味わった。

『すごかったわ、二人とも……』

ようやく麗子が彼の頭の中に囁いてきた。肉体は持っていないが、快感だけは二人と共有し、相当に良かったようだ。

「よく頑張ったわね……、二人をいかせるなんてすごいわ……」

由香利が肌を密着させて言い、彼も上からと横からの温もりを感じながら呼吸を整えた。

やがて恵美子がそろそろと身を起こし、股間を引き離すと、由香利と一緒にベッドから降りた。そして二人でバスルームへ移動したので、光二も起き上がって一緒に入った。

狭いバスタブに三人で身を寄せ合ってシャワーを浴び、肌をくっつけているうち、すぐにも彼自身はムクムクと回復していった。やはり相手が二人もいると、快復力も倍加しているようだ。

「また勃ってきたわね。アレがほしいんでしょう」

由香利が言って彼をバスタブの中に座らせると、恵美子と一緒に両側に立って股間を突き出してきた。

「恵美子、オシッコかけて上げて」

「まあ、出るかしら……」

由香利に言われ、恵美子はこのプレイも初めてらしく驚いたようだ。

それでも由香利が出す体勢になっているので、恵美子も息を詰めて尿意を高めはじめた。

バスタブの中で身を縮めた光二は、左右から迫る割れ目に交互に舌を這わせ、新たに溢れるヌメリをすすった。どちらも匂いは薄れたが、まだまだ淫気は旺盛なようで大量の愛液が漏れてきた。

「あう、出るわ……」

やはり先に由香利が息を詰めて言い、すぐにもチョロチョロと熱い流れをほとばしらせてきた。それを見て恵美子も慌てて息んだ。後れを取り、自分だけ注目されるのが恥ずかしいのだろう。

するとようやく恵美子の割れ目からもか細い流れが漏れてきたのだった。

3

「アア……、こんなこと、いいのかしら……」

恵美子が放尿を開始して喘ぎ、光二はそれぞれの温かな流れを全身に浴び、代わる代わる舌に受けて味わった。

どちらも味と匂いは淡いが、一度に二人分なので心地よいシャワーを二方向から浴びせられ、混じり合った匂いが妖しく揺らめいた。

やがて一瞬勢いが増したものの、二人の流れが同時に弱まり、間もなくおさまってしまった。

彼は割れ目を交互に舐め、余りの雫をすすった。

もちろんその間に、彼自身はすっかり元の硬さと大きさを取り戻していた。

由香利が再びシャワーの湯を出し、三人で浴びて洗い流した。

そして身体を拭くとベッドに戻り、今度は二人が並んで横たわった。

「前と後ろに指を入れて」

由香利が言って両脚を浮かせると、隣で仰向けになった恵美子も同じようにして尻を突き出してきた。

光二は屈み込み、二人の肛門を念入りに舐めて唾液に濡らすと、身を起こして両の人差し指をそれぞれの蕾に潜り込ませていった。

きつい締め付けの中、ズブズブと根元まで入れると、粘膜のヌメリが伝わってきた。

「あう、いいわ、前にも……」

由香利が言い、恵美子も頬を上気させモグモグと肛門で指を締め付けてきた。

彼は両の親指をそれぞれの膣口に押し込み、前後の穴にキュッと指を締め付けられた。

まるで両手で、柔らかなボーリングの球でも握っているようだ。前後の穴の中で間の肉を摘むと、互いの指の蠢きが伝わってきた。

「あうう、気持ちいい、もっと動かして……」

由香利が悶えて言い、恵美子も息を弾ませ、前後の穴で彼の指が痺れるほどきつく締め付けてきた。

そして二人は自ら乳首をつまみ、クリトリスをいじりはじめたのだ。

『すごいわ、いい……』

麗子も彼の頭の中に声を響かせ、三人で快感を味わっているようだ。

光二も指を出し入れさせるように動かしては、屈み込んで二人のクリトリスを交互に舐めてやった。

「い、いきそうよ、入れて、今度は私の中でいって……」

由香利が言い、光二は二人の前後の穴からヌルッと指を引き抜いた。

少し嗅いで興奮を高めてから、仰向けで大股開きになった由香利の割れ目に股間を進めた。

「恵美子、跨いで。舐めていかせてあげる……」

由香利が言うと、恵美子もためらいなく身を起こし、彼女の顔に跨がっていった。しかも逆向きで、正常位で交わる彼のほうに体を向けたのだ。

由香利も下から恵美子の股間を引き寄せ、割れ目に舌を這わせはじめた。

光二も先端を由香利の濡れた膣口にあてがい、一気にヌルヌルッと根元まで挿入していった。

「アアッ……！」

由香利が喘ぎ、快感に任せて恵美子のクリトリスに吸い付くと、

「あう、いい気持ち……！」

恵美子も声を洩らし、正面から光二の顔を抱き寄せてきた。

彼は股間を密着させ、ヌメリと締め付けを味わいながらズンズンと腰を突き動かし、恵美子と舌をからめた。

「ンン……」

真下では、由香利が顔中に恵美子の股間を受け止めながら呻き、執拗にクリトリスを刺激しているようだ。

光二は恵美子の喘ぐ口に鼻を押し込むと、彼女も下の歯並びを彼の鼻の下に引っかけた。熱いシナモン臭とガーリック臭の吐息が弾み、しかも舌の歯の裏側の淡いプラーク臭も混じって悩ましく鼻腔が刺激された。

水泳部のホープの悩ましい匂いを好きなだけ嗅げ、しかも由香利の膣で心地よい摩擦を繰り返しながら彼は急激に高まった。

すると、一番先に恵美子がガクガクと反応しはじめた。

「い、いっちゃう……、アアーッ……！」

たちまちオルガスムスに達したのは、好きな姉貴分の顔を跨ぎ、最も感じるクリトリスを舐められたからだろう。まして女同士で、由香利も最も感じるテクを知っているに違いない。

「も、もうダメ……」

恵美子は、それ以上の刺激を拒むように身をよじって言い、とうとう由香利の顔から股間を引き離してしまった。そして彼女が由香利に添い寝すると、場所が空いたので彼も身を重ねていった。

すると下から由香利が両手でしがみつき、ズンズンと股間を突き上げながら収縮を強めていった。

光二も、今度は由香利の口に鼻を押し込んで恵美子とは違う匂いを貪りながら股間をぶつけるように動き続け、たちまち絶頂に達してしまった。

「く……！」

彼は快感に呻き、ありったけの熱いザーメンをドクンドクンと勢いよく注入すると、

「い、いく……、アアーッ……！」

さっきは得られなかった奥への噴出を感じ、由香利も続いて声を上げ、ガクガクと狂おしいオルガスムスの痙攣を開始した。

収縮に巻き込まれながら、光二は心ゆくまで快感を噛み締め、最後の一滴まで出し尽くしていった。

『ああ……、すごいわ……』

麗子も満足したように声を響かせ、由香利の中でグッタリとなったようだ。

光二は律動を弱め、由香利に体重を預けていくと、彼女も力を抜いて身を投げ出していった。

息づく膣内でヒクヒクと幹を過敏に震わせ、彼はのしかかりながら隣の恵美子の顔も引き寄せ、二人分の熱くかぐわしい吐息を嗅いで余韻を味わった。

これで三人とも、いや麗子も含めると四人がそれぞれ二回ずつ絶頂を味わったことになる。

光二は荒い呼吸を整えながら、あまり長く乗っているのも悪いので、股間を引き離して二人の間に身を横たえていった。

「すっかり堪能したわ。三人も楽しいわね……」

由香利が言い、彼を挟んで反対側にいる恵美子も頷いた。

光二は二人の温もりにサンドイッチにされ、このまま眠ってしまいたいほどの脱力感と満足に包まれたのだった……。

4

「これからも、色んな女性としてほしいわ」

由香利のハイツからの帰り道、麗子が並んで歩きながら光二に言う。

彼女は、常に光二が得てきた快感を全て共有して、まだまだ欲望が湧き上がっているのだろう。

今は光二も全くオナニーしておらず、最後にしたのは麗子との初対面の時だけである。

麗子は、多くの満足を得ているだろうに、一向に姿を消す様子もない。

こうして一緒に歩いていても、声も姿形も、全く普通の女子高生と変わりないのだ。

「いったい成仏、じゃない、天にかえっていく日は来るのかな？」

「私にも分からないわ。神様がいるのかどうかも分からないし、私が決めることではないみたい」

麗子が答える。

「そう、もちろん僕は嫌じゃないけど」

光二も言ったが、いつまでも麗子がそばにいると、彼は永遠に女性と二人きりになれない気がする。

「こうして町を歩いていて、他の霊に出会うことはあるの？」

「今のところいないわね」

麗子が言い、ふと立ち止まると、

「あ……」

彼女はすれ違ったチンピラ風の男を振り返ると、あとを追って、その体にスッと入り込んだ。

光二が驚いて見ていると、三十歳前後の男はいきなりガードレールに何度も思いきり両手を打ちつけ、

「ウウ……！」

呻きながら完全に両手の骨を砕いた。

さらに頭もガンガンと叩きつけ、血まみれになって倒れ込んだのである。通行人が騒然となり、周りを囲みながら救急車を呼んだ。

と、麗子が出てきて平然と光二に並んだ。

「行きましょう」

「あの男は……？」

「すれ違ったとき分かったの。女性に暴力をふるって働かないヒモよ。一生起きられないようにしてやったわ」

麗子が言い、促して駅まで歩き出した。

「そう、ダメ男はどんどん寝たきりにしてやるといいよ」

「今度、都内を歩きましょう。あんな奴らがいっぱいいるだろうから、片っ端から地獄へ落としてやるわ」

麗子が、新たな使命に目覚めたように言う。

彼女も乗り移った相手の快感は存分に吸収しているようだが、苦痛はシャットアウトしているのだろう。

そして、こうした能力があるから、いつまでもこの世にとどまっているのかもしれない。

光二も、この麗子の力で何かできないものかと思いを巡らせた。

（出版社に小説原稿の持ち込みに行って、彼女が編集長に乗り移って採用の返事をさせるなんてどうかな……）

いや、結局作品のレベルが低かったら、恥をかくのは光二自身だろう。

（あるいは、大金持ちのヤクザものに大金を振り込ませるよう麗子に操作してもらうとか……）

いや、これも麗子の正義感に反するかもしれない。困っている人への寄付ならともかく、光二個人の得には動いてくれない気がする。

結局、快楽以外のことで力を借りるわけにいかず、自分で将来を切り開かなければならないのだろう。

やがて光二は電車に乗り、麗子と一緒に神社に帰ってきた。

そして美保子に挨拶して離れに戻ると、麗子も今日はすっかり満足したように姿を消した。

光二は日暮れまで、持ち込み原稿の構想を練った。

麗子との出会いを書こうかと思ったが、結局は官能小説になってしまう。自分の性には合っているが、親や篠原家には大っぴらにできないだろう。

また結局ダラダラと過ごし、夕食をチンして済ませた。

あとは風呂に入って、少しネットを見てから横になり、今日の強烈な３Ｐを思い出しながら眠りに就いたのだった。

そして翌日は何事もなく、光二は本屋に行ったり、相変わらずまとまらない構想に頭を悩まして過ごしたのである。

いずれ浩介の思惑通り、香奈とともに篠原への夫婦養子になるにしろ、何か仕事を持っていないと形にならない。まだ学生生活はあるが、何とか早くに物書きデビューしたいと思った。

やがて夜になってしまい、彼は久々にオナニーしようかと思い、麗子に手伝ってもらおうとしたときメールの着信が入った。

開くと、何と恵美子からで、由香利には内緒で、明日二人だけで会いたいと言ってきたのだ。

もちろん光二もその気になり、すぐに承諾の返信をした。

明日も恵美子は水泳の練習などしないようだが、念のためシャワーは浴びずに会いたいと言っておき、時間と待ち合わせ場所を決めた。

やはり由香利を加えた３Ｐも目眩く体験だったが、それはスポーツに近い感覚であり、淫靡さに関しては男女の一対一に限ると思った。

そしておそらく恵美子も同じ思いで、ジックリ二人で快楽を分かち合いたいのだろう。

光二は急遽今夜のオナニーは中止し、明日のため早寝することにした。

興奮で眠れないかと思ったが、さすがに若い肉体は難なく深い睡りに落ちてしまった……。


――翌朝は十時過ぎに起き、トイレと歯磨きとシャワーを念入りに済ませてから着替えると、セーラー服姿の麗子も姿を現した。

「一昨日の恵美子さんに会うのね」

麗子は、彼の中に入って今日の予定を知ったようだ。結局は、麗子がいるので複数プレイの雰囲気に近くなってしまう。

十一時半に昼食の待ち合わせなので、光二は何も食わずに麗子と一緒に離れを出た。

友人に会うと母屋に言い置いて神社を出ると、中央線で、恵美子に指定された西荻窪駅に着いた。彼女の住まいの最寄り駅らしい。

改札を出ると、すぐ恵美子が手を振ってきた。あらためて見ると、やはりスラリとした長身の美女である。由香利抜きで、これからこのアスリート美女を自由にできると思うと胸が高鳴った。

一緒に駅近くのレストランに入ると、恵美子はグラスビールを頼んだ。

「朝練で走ってきたのよ。もちろん水には浸かっていないわ。すごく汗ばんでるけど、いいのね？」

「うん、そのほうが嬉しいです」

差し向かいに言われ、早くも彼の股間は期待に突っ張りはじめてきた。

恵美子はサイコロステーキ定食、光二はクリームリゾットを頂いた。

「由香利さんとのお付き合いは、前から？」

「いえ、こないだ三人で会ったのが二度目です。もっとも一年ばかりサークルで顔を合わせていたけど、深い仲はつい最近なんです」

「そう、彼女は何にでも興味を持つ人なので、私も女同士で少し体験したけど、やっぱり一対一がいいわ」

恵美子が言い、光二も期待を込めて頷いた。

やがて食事を終えると、二人とも気が急いて、食後のコーヒーやデザートも頼まず店を出た。恵美子が支払ってくれ、駅前の商店街を抜けると、住宅街の入り口にあるマンションに入った。

エレベーターで八階まで上がり、恵美子が鍵を開けて光二を招き入れた。

上がり込むと、恵美子がドアを内側からロックした。キッチンは清潔で、中は広いワンルームタイプ。

サイドボートには多くの優勝カップや賞状の額が並び、恵美子の水着姿の写真も立てかけられていた。

こんな水泳界のヒロインを、自分のように何の才能もない男が自由にして良いものだろうかと気後れを感じたが、すでに先日、大きな快楽を分かち合っているのである。

「じゃ、脱ぎましょう」

恵美子が言い、自分から服を脱ぎはじめた。

光二も手早く全裸になり、ピンピンに勃起した幹を震わせながら先にベッドに横になった。

枕には、やはり恵美子の悩ましい匂いが沁み付いて鼻腔が刺激された。

たちまち恵美子も一糸まとわぬ姿になり、甘い匂いを漂わせて添い寝した。

「ああ、可愛い。やっぱり二人きりのほうがいいわ……」

恵美子が囁き、光二も甘えるように腕枕してもらい、形良く張りのある乳房に迫った。

もちろん麗子も、スッと恵美子の中に入り込み、じっと黙って快感を嚙み締める準備をしているようだ。

光二は興奮を高めながら鼻先にある乳首にチュッと吸い付き、念入りに舌で転がしながら、もう片方の膨らみにも指を這わせていった。

5

「アア……、いい気持ち……」

恵美子がクネクネと身悶えながら熱く喘いだ。

どうしても3Pの時は、奔放な由香利に圧倒されて恵美子の印象が薄れがちだったが、勝ち気そうに見えるアスリートなのに彼女の反応は実に女らしいと光二はあらためて思った。

彼は左右の乳首を交互に含んで舐め回し、顔中で膨らみの感触を味わった。

やはり由香利がいないので、愛撫もジックリ時間をかけて行える。

両の乳首を味わうと、彼女の逞しい腕を差し上げ、腋の下に鼻を埋め込んで嗅いだ。

スベスベの腋は生ぬるくジットリ湿り、甘ったるい汗の匂いが濃く沁み付いていた。彼はうっとりと胸を満たし、舌を這わせると、

「あう……」

恵美子が呻き、くすぐったそうに身をよじった。

彼女がクネクネと悶えるたび、さらに濃くなった体臭が悩ましく揺らめいた。

光二は滑らかな肌を舐め下り、腹筋の浮かぶ腹に移動していった。

引き締まった肌を舐めて臍を探り、張り詰めた下腹部にも顔中を押しつけて硬く逞しい弾力を味わった。

そして腰からスラリとした脚を舌で下降した。

太腿も筋肉が浮かび、彼は脛を下りて、水を掻く足裏に行った。

さすがに足裏は大きく、彼は踵から土踏まずを舐め、太くしっかりした指の間に鼻を押しつけた。

そこは汗と脂にジットリ湿り、蒸れた匂いが濃く沁み付いていた。

「いい匂い」

「ああ……」

鼻腔を刺激されながら思わず言うと、恵美子がビクリと反応して喘いだ。

一対一のほうが羞恥心が増すのか、彼女は少しもじっとしていられないほど身をくねらせ、熱く息を弾ませた。

光二は充分に嗅いでから爪先にしゃぶり付き、指の股に舌を割り込ませた。

「アアッ……」

先日より反応が激しく、恵美子が声を上げて指を縮めた。

彼は両足とも、全ての味と匂いを貪り尽くすと、大股開きにさせて脚の内側を舐め上げていった。

白くムッチリと張りのある内腿をたどり、熱気の籠もる股間に迫ると、割れ目からはみ出した陰唇にまで愛液が溢れ出ていた。

指で広げると、息づく膣口が丸見えになり、光沢あるクリトリスもツンと突き立っていた。

吸い寄せられるように顔を埋め込み、楚々とした柔かな恥毛に鼻を擦りつけて嗅ぐと、やはり汗とオシッコの匂いが先日以上に濃く籠もり、悩ましく鼻腔が掻き回された。

光二は胸を満たしながら舌を挿し入れ、淡い酸味のヌメリを掻き回し、膣口からクリトリスまでゆっくり舐め上げていった。

「ああ……、い、いい気持ち……！」

恵美子が喘ぎ、内腿でキュッと彼の顔を挟み付けてきた。

チロチロと舌先で弾くようにクリトリスを舐めると、たちまち愛液が大洪水になって、引き締まった下腹がヒクヒクと波打った。

割れ目の味と匂いを堪能すると、彼は力強いバネを秘めた両脚を浮かせ、尻の谷間に迫っていった。

可憐な薄桃色の蕾に鼻を埋めると、張りのある双丘が顔中に密着し、蒸れた匂いが鼻腔を刺激してきた。

彼は嗅いでから舌を這わせ、ヌルッと潜り込ませて滑らかな粘膜を味わった。

「あう……」

恵美子が呻き、キュッときつく肛門で舌先を締め付けた。アヌスローターは由香利にされていないようで、実に締まりがきつかった。

光二は甘苦い粘膜を執拗に探り、ようやく脚を下ろして舌を離した。

再び割れ目を舐め回し、愛液を掬い取ってクリトリスに吸い付くと、

「も、もうダメ、今度は私が……」

絶頂を迫らせたように、恵美子が言って身を起こした。

光二も股間から離れ、仰向けに身を投げ出していくと、恵美子が彼の股間に移動してきた。

そして彼は自分から両脚を浮かせると、手でグイッと谷間を広げて尻を突き出した。

「ここ舐めて……」

言うと恵美子も屈み込み、チロチロと肛門を舐め回し、ヌルッと潜り込ませてくれた。

「あう、気持ちいい……」

光二は快感に呻き、モグモグと肛門で美女の舌先を締め付けた。

恵美子も熱い鼻息で陰嚢をくすぐりながら、中で舌を蠢かせた。

やがて彼が脚を下ろすと、恵美子も陰嚢にしゃぶり付き、舌で睾丸を転がしてからさらに前進してきた。

幹の裏側をゆっくり舐め上げ、先端までくると粘液の滲んだ尿道口を探り、丸

く開いた口でスッポリと呑み込んでいった。

「ンン……」

恵美子は微かに呻き、根元近い幹を締め付けて吸い、熱い鼻息で恥毛をそよがせながら、口の中でクチュクチュと舌をからめてくれた。

「ああ……」

光二が喘ぎながらズンズンと股間を突き上げると、恵美子も顔を上下させ、スポスポとリズミカルな摩擦を繰り返した。

「い、いきそう……」

すっかり高まった彼が言うと、恵美子も吸い付きながらスポンと口を引き離して顔を上げた。

「入れたいわ……」

「うん、上から跨いで」

光二が答えると、恵美子はすぐに身を起こして前進し、彼の股間に跨がってきた。先端に割れ目を押し当て、自ら指で陰唇を広げながら位置を定めると、息を詰めてゆっくり腰を沈み込ませた。

たちまち彼自身は、ヌルヌルッと滑らかに根元まで呑み込まれていった。

「アア……、いい気持ち……」

恵美子がピッタリと股間を密着させ、顔を仰け反らせて喘いだ。

光二も温もりと感触を味わいながら、両手で恵美子を抱き寄せ、彼女が身を重ねると膝を立てて尻を支えた。

すると恵美子が自分から覆いかぶさるように唇を重ね、彼の肩に腕を回して胸を合わせた。

舌を挿し入れると恵美子の長い舌がクチュクチュとからみ、生温かな唾液に濡れた滑らかな感触が伝わってきた。

彼が滴る唾液をすすりながらズンズンと股間を突き上げはじめると、

「ンンッ……」

恵美子も熱く呻き、合わせて腰を遣った。

たちまち二人の律動が一致すると、ヌメリで幹が滑らかになり、ピチャクチャと湿った摩擦音が聞こえてきた。

「ああ……、すぐいきそうよ……」

恵美子が口を離して喘ぎ、彼は吐き出される濃厚なシナモン臭の吐息に酔いしれながら、突き上げを強めていった。

「唾を飲ませて……」

言うと、恵美子は喘いで乾き気味の口に懸命に唾液を溜め、形良い唇をすぼめてトロトロと吐き出してくれた。光二は白っぽく小泡の多い唾液を舌に受けて味わい、うっとりと喉を潤した。

「顔中にも……」

さらにせがむと、恵美子も唾液を垂らしながら彼の鼻の穴から両頰まで舐め回し、顔中を生温かな唾液でヌルヌルにまみれさせてくれた。

「ああ、気持ちいい……」

光二は、悩ましい吐息と唾液の匂いに高まって喘いだ。すると先に恵美子がガクガクと狂おしい痙攣を開始し、収縮と潤いが増してきた。

「い、いっちゃう……、アアーッ……！」

彼女が声を上ずらせてオルガスムスに達すると、続いて光二も収縮と締め付けの中で昇り詰めてしまった。

「いく……！」

彼は口走り、大きな絶頂の快感とともに、ありったけの熱いザーメンをドクンドクンと勢いよくほとばしらせた。

「あう、いいわ、もっと……！」

噴出を感じた恵美子が呻き、飲み込むようにキュッキュッと締め上げてきた。

『アア、何ていい気持ち……！』

黙っていた麗子も堪らずに声を上げ、光二は何やら二人分の快感を受け止めている気持ちになった。

そして惜しまれつつ絶頂の快感が徐々に下降線をたどり、最後の一滴まで出し尽くすと、彼は突き上げを弱めて力を抜いていった。

恵美子も肌の硬直を解き、力を抜いてグッタリともたれかかってきた。

光二は重みと温もりを受け止め、まだ収縮する膣内でヒクヒクと過敏に幹を跳ね上げた。

「アア……」

刺激された恵美子も、敏感に反応して声を洩らした。

彼は恵美子の喘ぐ口に鼻を押し込み、濃厚なシナモン臭の吐息を嗅いで酔いしれながら、うっとりと快感の余韻を味わった。

『ああ、この人、こないだよりずっと大きく感じていたわ……』

肉体がないのに、麗子が熱く息を弾ませて言う。しかも麗子は、男女二人分の快感を味わっているのだ。

そして恵美子も、三人での戯れよりも、相手に集中して大きな快感が得られたのだろう。

「ああ、すごく気持ち良かったわ。でも夕方までいられるなら、もう一回できそうね……」

恵美子が余韻に浸りながらも、新たな期待に目を輝かせて囁いた。

「ええ、大丈夫です……」

『そうよ、もう一回しましょう』

光二と麗子も、もちろんその気になって答えると、ようやく恵美子が枕元のティッシュを取り、そろそろと身を起こしていった。

股間を引き離すと、すぐに割れ目にティッシュを当て、手早く拭きながら顔をペニスに移動させた。

そして愛液とザーメンにまみれた亀頭にしゃぶり付き、上気した頬をすぼめてヌメリを吸い取ってくれた。

チロチロと舌がからみつくと、

「あうう、す、すこし休憩させて下さい……」

光二はクネクネと腰をよじらせ、降参するように言った。

「いいわ、シャワー浴びましょう。もう洗ってもいいわね？」

恵美子が口を離して言い、チロリと舌なめずりしながら、起き上がってベッドから出ていった。

光二も呼吸を整え、ノロノロと身を起こして一緒にバスルームへ移動していったのだった。

第六章　目眩く日々よいつまで

1

「麗子のご両親に、轢き逃げ犯の逮捕を報せたら返事が来たわ」

夜、また香奈がこっそり離れに来て光二に言った。もちろん隣には、麗子も姿を現して座っていた。

今日の香奈はセーラー服ではなく、清楚な私服姿である。

「そう、それで？」

「麗子もそこにいて聞いているわね？　お二人はアメリカで平穏に暮らしているわ。もちろん麗子のことを忘れることはないけれど、新しい生活に入っているから、もう辛くて日本へは戻りたくないみたい」

香奈が言うと、麗子も神妙に聞いていた。

「だから麗子も、いつまでも彷徨っていないで安らかな世界へ行ってほしいし、それがご両親の願いでもあると思うの」

「私も、どうしたら安らかな世界へ行けるのか分からないのよ」

麗子が答えると、その言葉を光二が香奈に伝えた。

「そう……、でも、いつまでもこのままということはないはずだわ。もちろん私に祓う力はないし、それを望んでいるわけではないのだけど」

香奈が言い、結局誰もどうしていいか分からないのだった。

それより光二は、忍んで来た香奈に激しく淫気を催してしまった。

昼間は恵美子の肉体を何度となく堪能したが、やはり別の女性が来ればたちまち興奮が湧き上がってしまう。

もちろん香奈も、それだけ伝えに来たわけではないだろう。その話だけなら、昼間でも良いのである。

「また香奈の中に入って、快感を味わいたいわ」

麗子が言うので伝えると、香奈も笑窪の浮かぶ頬を染めた。やはりその気で来たようだ。

「いいわ、入っても」

香奈が答え、光二が脱ぎはじめると彼女もブラウスのボタンを外した。

光二は夕食後の歯磨きも終えているし、夕方には恵美子のマンションでシャワーを浴びて帰ってきたのだ。

しかし香奈は、家で夕食だけ済ませ、入浴もせず出てきたらしく、甘ったるい匂いを漂わせていた。

先に全裸になった光二が万年床に横になると、香奈も一糸まとわぬ姿になって彼に迫った。

「ここに立って、足を顔に乗せて」

光二は激しく勃起しながら言った。すっかり由香利にされた行為が病みつきになっているようだ。

麗子もスッと香奈の中に入ったので、香奈はいくらもためらわず彼の顔の横に立ち上がった。そして壁に手を突いて身体を支えながら、そっと片方の足を浮かせて顔に乗せてくれた。

「アア……、変な気持ち……」

香奈はか細く言い、ガクガクと膝を震わせた。

光二も真下から全裸の美少女を見上げながら、足裏の感触を味わい、舌を這わせて指の間に鼻を押しつけていった。

ムレムレの匂いが悩ましく鼻腔を刺激し、彼は胸を満たしながら爪先にしゃぶり付き、汗と脂に湿った指の股に舌を割り込ませた。

「ああっ……」

香奈が喘ぎ、バランスを崩すたび彼の顔をキュッと踏みつけてきた。

光二はうっとりと酔いしれ、口を離すと香奈のほうから足を交代してくれた。

そちらの足指も新鮮な味と匂いを貪り尽くすと、彼は香奈の足を顔の左右に置いた。

「しゃがんで」

真下から言うと、全裸の美少女がゆっくり腰を沈み込ませてきた。

脚がM字になると、白い内腿がムッチリと張り詰め、熱気を含んだ股間が彼の顔の上に覆いかぶさってきた。

「アア、恥ずかしい……」

香奈が声を震わせ、ぷっくりした割れ目を彼の鼻先に迫らせた。

はみ出した花びらはすでに露(つゆ)を宿し、大股開きのため隙間から小粒のクリトリスが覗いていた。

光二は、腰を抱き寄せて割れ目に鼻と口を押しつけた。

柔らかな若草の隅々には、蒸れた汗とオシッコの匂い、それに淡いチーズ臭も混じり、悩ましく彼の鼻腔を刺激してきた。

貪るように嗅ぎながら舌を這わせ、膣口の襞をクチュクチュ探り、クリトリスまで舐め上げていくと、

「あう……！」

香奈が呻き、思わず座り込みそうになって、彼の顔の左右で懸命に両足を踏ん張った。

チロチロとクリトリスを舐め回していると、大量の愛液がトロトロと滴ってきた。彼はそれをすすり、割れ目の味と匂いを堪能し尽くすと、香奈の尻の真下に潜り込んだ。

顔中に密着する双丘の弾力を味わい、可憐な薄桃色の蕾に籠もる蒸れた匂いを貪ったから、舌を這わせてヌルッと潜り込ませた。

「く……」

香奈が呻き、キュッと肛門で舌先を締め付けた。光二は中で舌を蠢かせ、滑らかな粘膜を探った。

「も、もうダメ……」

すっかり高まったように香奈が言い、股間を浮かせてきた。

光二も舌を引っ込め、香奈の顔を股間に押しやると、彼女も素直に移動し、張り詰めた亀頭に舌を這わせてきた。

粘液の滲む尿道口を舐め回し、そのままスッポリと喉の奥まで呑み込み、幹を締め付けて吸った。

「ああ、気持ちいい……」

光二は快感に喘ぎ、美少女の口の中で、清らかな唾液にまみれた幹をヒクつかせた。香奈も笑窪の浮かぶ頬をすぼめて吸い付き、クチュクチュと念入りに舌をからめてくれた。

「い、いきそう、跨がって入れて……」

高まった彼が言うと、香奈もすぐにチュパッと吸い付きながら口を引き離し、身を起こして前進した。

股間に跨がると、先端に割れ目を擦りつけ、やがて香奈は息を詰めてゆっくり座り込んできた。亀頭が潜り込むと、あとはヌメリと重みでヌルヌルッと滑らかに根元まで嵌まり込んでいった。

「アアッ……！」

香奈が顔を仰け反らせて喘ぎ、ピッタリと股間を密着させるとキュッときつく締め上げてきた。もう痛みなどは克服し、男と一つになった悦びに包まれているようだ。

光二も締め付けと温もりを味わい、両手で彼女を抱き寄せると、膝を立てて尻を支えた。そして潜り込み、チュッと乳首に吸い付いて舌で転がすと、

「ああ、いい気持ち……」

香奈が喘ぎ、クネクネと悶えた。乳首への刺激が、股間に連動しているかのように、感じるたび膣内が心地よく収縮した。

光二は両の乳首を交互に含んで舐め回し、腋の下にも鼻を潜り込ませ、生ぬるく甘ったるい汗の匂いを貪った。

胸を満たしてから、彼女の白い首筋を舐め上げ、下から唇を重ねていくと、

「ンン……」

香奈も熱く呻いて、ネットリと舌をからめてくれた。

光二は美少女の滑らかな舌を味わい、滴る唾液をすすってうっとりと喉を潤しながら、徐々にズンズンと股間を突き上げた。

「アア……、すごく感じるわ……」

香奈が口を離して喘ぎ、合わせて腰を動かしはじめた。

溢れる愛液で律動が滑らかになり、クチュクチュと摩擦音が聞こえてきた。

彼女の喘ぐ口に鼻を押し込んで熱い吐息を嗅ぐと、胸が切なくなりそうなほど濃厚に甘酸っぱい果実臭が鼻腔を刺激してきた。

光二は美少女の匂いに高まり、次第に強く股間を突き上げると、香奈も収縮を増して、粗相したほど大量の愛液を漏らしてきた。

たちまち光二は心地よい摩擦と、美少女の吐息に酔いしれながら絶頂に達してしまった。

「い、いく……！」

快感に口走りながら、ありったけの熱いザーメンをドクンドクンと勢いよくほとばしらせると、

「あ、熱いわ、いい気持ち……、アアーッ……！」

香奈が声を上ずらせ、ガクガクと狂おしい痙攣を開始した。どうやら膣感覚でのオルガスムスを迎えたらしく、

『な、何て気持ちいい……！』

香奈の中にいた麗子も、一緒になって熱く喘いだ。

光二は大きな快感を嚙み締めながら、心置きなく最後の一滴まで出し尽くしていった。射精快感だけでなく、美少女を一人前にしたような感激も湧き、彼はすっかり満足しながら徐々に突き上げを弱めていった。

「ああ……、まだ震えが、止まらないわ……」

香奈も動きを止め、グッタリともたれかかりながら息を弾ませて言った。

彼は収縮する膣内でヒクヒクと過敏に幹を震わせ、香奈の甘酸っぱい吐息を嗅ぎながら、うっとりと余韻に浸り込んでいったのだった。

2

「ね、お買い物付き合ってくれる?」

翌日の昼過ぎ、美保子が離れに来て光二に言った。もちろん彼も淫気を察し、すぐ一緒に彼女の車で神社を出た。

幸い、ブランチと歯磨きも終え、いつもの習慣でシャワーも済ませたところである。

車は買い物ではなく、前に行ったラブホテルへ向かった。

麗子はついてきていないので、あるいは昨夜、香奈と一緒に昇り詰めたので満足し、昇天してしまったのではないだろうか。

とにかく車を降り、光二は美保子と一緒に密室に入った。

彼も急激な淫気が急いて、すぐにも服を脱ぎ去り全裸になってしまった。

「まあ、もうそんなに……、私はシャワー浴びちゃダメなのね？」

美保子は彼の勃起を見て言い、彼女も脱ぎはじめてくれた。

ベッドに横になると、美保子も最後の一枚を脱ぎ去り、一糸まとわぬ姿になると、熟れ肌を息づかせてベッドに上ってきた。

「ああ、嬉しいわ、こんなに勃って……」

美保子が言いながら、真っ先に彼の股間に顔を寄せてきた。

先端にチロチロと舌を這わせ、亀頭にもしゃぶり付くと、モグモグとたぐるように喉の奥まで呑み込んでいった。

「アア……」

光二は受け身に徹し、美熟女の貪るような愛撫に圧倒されながら喘いだ。

美保子は熱い息を股間に籠もらせて吸い付き、舌をからめては顔を上下させ、スポスポと摩擦してきた。

そして充分に唾液にまみれさせるとスポンと引き抜き、陰嚢にも舌を這わせてから、彼の脚を浮かせて肛門を舐め回してくれた。

「あう……」

舌先がヌルッと潜り込むと、光二は快感に呻きながら肛門を締め付けた。

美保子も中で舌を蠢かせ、やがて彼の前も後ろも味わい尽くすと顔を離し、移動して横になった。

光二も巨乳にむしゃぶりつき、乳首を吸って舐め回しながら、生ぬるい体臭に酔いしれた。

「ああ……、いい気持ちよ……」

今度は美保子が受け身になり、彼の髪を撫で回しながら熱く喘いだ。

光二は左右の乳首を含んでは舌で転がし、顔中で豊かな膨らみを味わった。

腋の下にも鼻を埋め込み、濃厚に甘ったるい汗の匂いに噎せ返り、充分に胸を満たしてから熟れ肌を舌で移動していった。

臍を探って下腹の弾力を味わい、豊満な腰からスベスベの脚を舐め下りた。

彼女もうっとりと身を投げ出し、息を弾ませてされるままになっている。

光二は足裏まで行って舌を這わせ、指の間にも鼻を押しつけ、汗と脂に湿って蒸れた匂いを貪った。

そして爪先にしゃぶり付き、順々に指の股に舌を割り込ませていくと、

「あう、ダメ……」

美保子が腰をくねらせて呻き、指で彼の舌を挟み付けた。

光二は両足とも味と匂いを貪り尽くし、股を開かせて脚の内側を舐め上げていった。

ムッチリと量感ある内腿から、湿り気の籠もる股間に迫り、指で割れ目を広げると、膣口からは白っぽく濁った本気汁が滲み出ていた。

恥毛に鼻を埋め込み、隅々に蒸れて籠もる汗とオシッコの匂いで鼻腔を刺激されながら、割れ目内部を舐め回すと、淡い酸味のヌメリで舌の動きが滑らかになった。

膣口からクリトリスまで舐め上げていくと、

「アア……、いい気持ち……」

美保子が身を反らせて喘ぎ、内腿で彼の顔を挟み付けてきた。

光二は舌先で弾くようにクリトリスを舐めては、溢れてくる大量の愛液をすすって喉を潤した。

さらに彼女の両脚を浮かせ、巨大な水蜜桃のような尻の谷間に鼻を埋め込み、可憐な蕾に籠もる蒸れた匂いを嗅いでから舌を這わせた。

「あう……！」

ヌルッと舌を潜り込ませると美保子が呻き、肛門で舌先を締め付けた。

彼も滑らかな粘膜を探り、淡く甘苦い味わいを堪能した。

すると美保子が、彼の顔を股間から突き放したのだ。

「い、入れて……」

彼女が言い、うつ伏せになると尻を突き出し、四つん這いになったのである。

光二も身を起こし、膝を突いて股間を迫らせた。そしてバックから、先端を膣口に押し当て、腰を抱えながらゆっくり挿入していった。

ヌルヌルッと滑らかに根元まで押し込むと、尻の丸みが股間に心地よく密着して弾んだ。

「アアッ……、すごいわ……！」

美保子が喘ぎ、白い背中を反らせてキュッと締め付けた。

光二も彼女の背に覆いかぶさり、髪に鼻を埋めて甘い匂いを嗅ぎながら、両脇から回した手で巨乳を揉みしだいた。

すると美保子が尻を前後に動かしはじめ、彼も合わせて腰を突き動かした。

バックスタイルだと膣内の蠢きや摩擦も、向かい合わせとは微妙に異なる気がした。

しかし、やはり顔が見えず、唾液や吐息がもらえないのが物足りない。

やがて光二は身を起こし、いったんペニスを引き抜いた。

「あう……」

快感を中断された美保子が呻き、今度は横向きになると、上の脚を真上に差し上げた。

「横から入れて……」

言われて、光二も彼女の下の内腿に跨がり、再び根元まで膣口に挿入しながら、上の脚に両手でしがみついた。

バックの次は松葉くずしで、美保子も多くの体位を体験したいのだろう。

光二も新鮮な快感に、すぐにも腰を動かしはじめた。

互いの股間が交差しているので密着感が増し、膣の摩擦快感だけでなく、擦れ合う内腿の感触も実に心地よかった。

しかし、これも顔が遠いので、この体位を体験したということで再び離れた。

すると美保子が仰向けになり、正常位を求めて股を開いた。

光二も股間を進め、みたび根元まで挿入し、身を重ねていった。

「ああ、もう抜かないで……」

美保子が、下から両手でしっかりと彼を抱き留めて言った。

光二も両脚を伸ばしてのしかかり、胸の下で押し潰れて弾む巨乳を味わいながら、徐々に腰を突き動かしはじめた。

そして上からピッタリと唇を重ね、舌を潜り込ませると、

「ンン……」

彼女もネットリとからめながら呻き、ズンズンと股間を突き上げてきた。

光二は熱い息で鼻腔を湿らせながら、唾液に濡れて蠢く美熟女の舌を味わい、摩擦と締め付けに高まっていった。

「アア、いきそうよ……」

美保子が口を離し、唾液の糸を引きながら熱く喘いだ。

今日も彼女の吐息は上品な白粉臭が含まれ、悩ましく光二の鼻腔を掻き回してきた。

彼が鼻を押し込んで嗅ぎながら、股間をぶつけるように動かし続けていると、

「い、いっちゃう、すごいわ……、アアーッ……！」

たちまち先に美保子が声を上げ、ガクガクと狂おしく腰を跳ね上げながらオルガスムスに達してしまった。

光二も全身をバウンドさせながら抜けないよう股間を押しつけ、収縮に巻き込まれながら続いて昇り詰めていった。

「く……、気持ちいい……！」

彼は快感に貫かれて呻き、熱いザーメンをドクンドクンと勢いよく注入した。

「あう、もっと出して……」

噴出を感じた美保子が駄目押しの快感を得ながら呻き、キュッキュッときつく締め付け続けた。光二も快感を味わい、心置きなく最後の一滴まで出し尽くしていった。

満足しながら動きを弱めていくと、

「アア……、良かったわ、すごく……」

美保子も熟れ肌の強ばりを解きながら、満足げに声を洩らすと、グッタリと身を投げ出していった。光二も完全に動きを止め、息づく膣内でヒクヒクと過敏に幹を跳ね上げた。

そして甘い刺激を含んだ吐息を間近に嗅いで胸を満たしながら、彼はうっとりと余韻に浸り込んだのだった。

美保子も力を抜き、荒い息遣いを繰り返していたが、やがてヌメリと締め付けに彼自身が押し出されると、ようやく光二も起き上がったのだった。

3

「ね、出して……」

バスルームでシャワーを浴びると、光二は例により床に座って言い、美保子を目の前に立たせた。

美保子も心得て、彼の顔に股間を突き出しながら両手で陰唇を広げてくれた。

舐め回すと新たな愛液が溢れ、奥の柔肉が迫り出すように盛り上がり、たちまち温もりと味わいが変化した。

「あう、出るわ……」

美保子が息を詰めて短く言うなり、チョロチョロと熱い流れがほとばしってきた。味も匂いも控えめで、彼は舌に受けて味わい、喉を潤しながらムクムクと回復していった。

二回戦は、彼の好きな女上位で交わってもらおうと思った。

やがて流れがおさまると、彼は余りの雫をすすって残り香に酔いしれた。

そしてもう一度二人でシャワーを浴びると、身体を拭いてバスルームを出た。

すると、テーブルに置かれた美保子のスマホが鳴っていたのだ。

「まあ、病院からだわ……」

表示を見た彼女が出て通話すると、すぐにも表情が硬くなった。

「はい……、分かりました。すぐ伺いますので……」

美保子は言い、スマホを切った。

「お義父さんが危篤（きとく）だわ。急いで服を着て」

彼女が言い、自分も手早く身繕いをはじめた。どうやら浩介も、今回は仮病ではなく本当に深刻な状態らしい。

光二も懸命に勃起を抑えながら、急いで服を着た。

こういう事態になったのでは、二回戦は我慢だ。むしろ一回できただけでも上出来である。

美保子も慌てて洗面所で髪をなおし、部屋を出ると車に乗った。

「光二さんだけ病院で落とすわ。香奈ちゃん一人に留守番させるわけにいかないので、私は急いで神社へ戻るからうちの人に電話しておいて」

「分かりました」

彼女が車をスタートさせながら言うので、光二もスマホを出し、急いで孝一郎に電話をした。

「あ、伯父さん、じいちゃんが危篤だって連絡がありました。いま伯母さんが車で向かうので、出る仕度をしておいてください。僕は先に病室へ行きますので」

彼が言うと、孝一郎もすぐ承諾した。やはり神官の衣装だから、着替えて出るには早めに言ったほうが良いだろう。

やがて美保子は病院前に車を停め、光二が降りると、すぐ神社へ引き返していった。戻れば、入れ替わりに孝一郎が車で出向き、美保子は香奈と一緒に留守番するのだろう。

とにかく光二は病院に入り、エレベーターで浩介の病室のある階へ向かった。

「二回目ができずに残念だったわね」

と、いきなり麗子が現れて言った。

「何だ、来ていたの？　もう消えてしまったのかと思った。そういえばだいぶ体が薄くなっているよ」

光二は、向こうが透けて見えるほど透明に近くなった麗子を見て言った。

「ええ、ゆうべ香奈と昇り詰めてすっかり満足して、さっきも美保子さんの体で快感を味わったから、もう思い残すことがないのかもしれないわ……」

麗子がか細く言う。

エレベーターを降り、光二は麗子と一緒に病室へ入った。

すると、医者とナースがいて、浩介が目を閉じている。

「あの、孫ですけど」

「ああ、残念です。たったいま息を引き取りました」

医者が言い、ナースが浩介の静かな死に顔に白布を被せた。

「他のご家族のほうは？」

「今こっちへ向かってます」

「そう、では色々話や手続きもありますので、来たらナースステーションに来るように伝えて下さい。それまでここで待機をお願いします」

「分かりました」

光二が答えると、医者とナースは病室を出ていった。

彼は嘆息して椅子に座り、白布の掛けられた浩介を見た。

しかし、すぐ光二は声をかけられたのだ。

「光二だけか？　孝一郎はどうした」

「じ、じいちゃん……」

驚いて顔を上げると、ベッドの傍らに寝巻姿の浩介が立っているではないか。

しかしベッドには遺体があるので、どうやら霊のようだ。姿形は陽炎のように薄らいでいるが、声ははっきり聞こえていた。

「いま急いで向かってる。間に合わなくてごめん」

「ああ、いいんだ。とにかく光二、香奈と一緒に篠原家の未来を頼むぞ」

「うん」

「それより、その女の子は誰だ」

浩介が、光二の隣にいるセーラー服姿の麗子を見て言う。やはり霊同士だから見えるのだろう。

すると、麗子が自分から話した。

「私、三浦麗子です。香奈の友だちの」

「なに、では裏の通りで轢き逃げに遭った……」

「そうです」

「あれからずいぶんになるが、まだ彷徨っていたのか」

「ええ、でも思い残しもなくなりましたので」

「そうか、確かに形が薄くなっているようだな。どうだ、儂と一緒に安らかな世界へ行こう」

「ええ、連れて行ってください」

　言われて、麗子ももう未練は無いように答えた。

「じゃ、行くからな、あとはよしなに」

　浩介が言うと、麗子が彼と腕を組んで光二にバイバイした。女子高生に腕を組まれ、浩介は実に嬉しそうである。

　そして二人はスウッと一緒に浮かび上がったのだ。

「じいちゃん、さよなら。麗子さん、いろいろ有難う」

　光二も立ち上がって中空に手を振って言うと、間もなく二人は天井に吸い込まれて見えなくなっていった。

　どうやら二人とも、これで完全に昇天したようだ。

　光二は溜息をつき、椅子に座り直した。

そしてスマホを取り出し、静岡の実家に電話をして祖父の死を告げた。

まあ夏休み中で旅館業が忙しいだろうから、父と兄の両方の上京は難しいだろう。母と兄夫婦に宿を任せ、来るのは父親だけとして、とにかく明日から慌ただしくなりそうだ。

すると、そこへ背広姿の孝一郎が入ってきた。

「ああ、間に合わなかったか」

「ええ、僕が着いたときにはもう……」

「そうか……」

伯父は言い、白布を取って浩介の安らかな顔を見てから、再び布を掛けた。

「色々手続きがあるから、ナースステーションに来いって。それから静岡には今電話しておきました」

「分かった」

孝一郎が頷いて病室を出ていったので、光二は美保子にも電話を入れて、間に合わなかったことを告げた。

「光二さん、一度帰ってきてくれる？　そうしたら私も出られるので」

「分かりました」

光二は答え、スマホをしまって立ち上がると、祖父の遺体に一礼してから病室を出た。

そしてナースステーションにいた孝一郎に、いったん帰る旨を告げて病院を出た。バスに乗り、神社の最寄りの停留所に向かったが、いつもいた麗子がいないのを寂しく思った。

そう、今まで普通に会話していたが、麗子はすでに死んだ人だったのだと、あらためて実感したものだった。

やがて帰宅すると、美保子も仕度を調(ととの)えて、すぐ出るようだ。

「遅くなるかもしれないけど、お留守番お願いね」

「ええ、静岡には連絡しましたので」

「そう、あとはこちらで連絡を取り合うわ。帰る頃また連絡するから」

美保子は言い、やはりバスで病院へと向かっていった。

光二は、社務所に入って香奈に会った。

「じいちゃんが亡くなった」

彼は、巫女姿の香奈にも告げた。

「そう……、私もずいぶん可愛がってもらったわ」

香奈も悲しそうな顔で答えた。

「でも、じいちゃんの霊に会えて話せた。しかも、迷っている麗子さんを一緒に連れて昇天したんだ」

「麗子も……」

言うと香奈が驚いて目を丸くした。

香奈は、麗子の霊を見たり話したりしていないので、すでに悲しみは轢き逃げの時に味わっているのだろう。

それより光二は、神社に香奈と二人きりとなり、言いようのない淫気に包まれはじめた。何しろ美保子との二回目をやり損なったのだし、香奈の巫女姿は何とも清らかなのだ。

どうせ上京した父親も真っ直ぐ病院へ行って伯父伯母と合流するだろうし、しばらくは誰もここへ帰ってこないのである。

光二は、いったん離れの自室に戻っていった。

4

（完全に、消え失せている……。やはり、もう麗子さんには会えないんだな）

光二は、窓のサッシ枠を見て思った。もう乾いた血の痕すら、何も残っていなかったのだ。

と、そこへ巫女姿の香奈が裏通りに出てきて、塀に立てかけられている花束を交換した。

もう夕方になったので、社務所も閉めたのだろう。

「家に電話したわ。そういう事情で今夜の帰りは遅くなるからって」

「じゃ、一緒に夕食しよう。その前に入ってこない？」

「ええ」

窓から言うと香奈は答え、離れへ入ってきてくれた。

白い着物に緋袴の彼女からは、ほんのり甘い匂いが漂い、光二は急激に勃起してきた。

しかも麗子がいないので、初めて二人きりになれた気持ちなのである。

「じいちゃんの霊が僕に、香奈ちゃんと一緒に篠原家を頼むって言っていた」

「そう、大学を出て、就職が決まる頃に光二さんの気持ちが変わらなかったら、私は構わないわ」

「本当？　ご両親には？」

「まだ先だから、近づいたら折りを見て話すわ。でもうちの姫山家と篠原家は古い関係だから、すんなりいくと思うの」

香奈が、笑窪の浮かぶ頬をほんのり染めて答える。

どうやら、これで完全な許婚になれたようだ。

もちろん光二の気持ちが変わるはずもないし、この先ずっと香奈と一緒にいるのだから飽きないよう気をつけないといけないが、何しろ今は目の前の美少女に淫気が満々になっていた。

それに、もう麗子がいないのだから、他の女性たちを操ってもらうわけにもいかないので、今後の彼は香奈一筋になるのではないか。

もっとも由香利と恵美子は、すでに快楽を分かち合っているため、これからもしてくれるだろう。

そして熟れた淫気を抱えた美保子も、やがて義母となっても、禁断の思いの中でさせてくれるに違いない。

それだけいれば、もう充分すぎるぐらいである。

「してもいい？　香奈ちゃんは、しばらくその姿でいいから」

「香奈って呼んでいいわ」

彼女が頷いて答え、光二は手早く全裸になってしまい、ピンピンに勃起したペニスを震わせて布団に横になった。

巫女姿の香奈を引き寄せ、添い寝してもらうと彼は甘えるように腕枕してもらった。

着物や袴を汚すわけにいかないので、涎や粘液を付けないよう遠慮がちに密着したが、神聖な雰囲気にゾクゾクと興奮が高まった。

目を上げると、長い髪を束ねた美少女が優しく彼を胸に抱き、熱い視線を注いでいる。

「ああ、姫様……」

光二は、思わず呟いた。

「まあ、姫様って、金山姫のこと？」

香奈も知っているように囁いた。

「うん、好きじゃない？」

「嫌いではないけど……」

香奈が小さく答える。イザナミの神のゲロから生まれた姫だから、多少抵抗があるのかもしれない。

もし香奈が多くのフルーツを食べて、胃から逆流させたものなら光二は悦んで飲ませてもらいたいと思った。そして、そんな想像がさらに彼の勃起を高めていった。

「唾を出して、いっぱい……」

せがむと、香奈もたっぷりと唾液を分泌させ、愛らしい口を寄せてきた。

小泡混じりに白っぽく粘つくシロップがトロトロと吐き出されると、彼は舌に受けて味わい、うっとりと喉を潤した。

「ああ、何て美味しい……」

光二は言い、この世で最も清らかな液体を飲み込んで酔いしれた。

香奈も顔を寄せ、嬉々として飲み込む彼を不思議そうに覗き込んでいた。

「その袴で、トイレはどうするの？」

「めくれば、普通にできるわ」

「跨がって、してみて」

言うと、彼女も腕枕を解き、モジモジと身を起こしていった。

そして、すでに何度もしているので、さしてためらわず彼の顔に跨がると、裾をめくりはじめた。

緋色の袴の下には白い着物の裾があり、さらに奥はノーパンだった。

全裸よりも、袴をめくって露出した脚が何とも艶めかしかった。

袴は剣道のような両脚の分かれた馬乗り袴ではなく、行燈(あんどん)袴というロングスカート型だからめくるのも楽だった。

「あ、先に足を顔に乗せて」

下から言うと、香奈もしゃがみ込む前に片方の足を浮かせ、足裏をそっと乗せてくれた。夏のことで白足袋は履いていない。

密着する足裏に舌を這わせ、縮こまった指の間に鼻を埋めると、いつになく濃く蒸れた匂いが沁み付いて鼻腔が掻き回された。

案外、ソックスや靴を履いてムレムレになるよりも、素足で草履を履き、指で鼻緒を挟んで動き回るほうが匂いが濃くなるのかも知れず、それは新鮮な発見であった。

光二は何度も嗅いで刺激されながら爪先にしゃぶり付き、指の股に籠もる汗と脂の湿り気を味わった。

「アア……」

香奈が喘ぎ、くすぐったそうに膝を震わせた。

やがて全ての指の股をしゃぶると足を交代してもらい、彼はもう片方の爪先の味と匂いも貪り尽くしたのだった。

「じゃ、しゃがんでね」

足首を摑んで顔の左右に置いて言うと、香奈も裾をめくったまま、ゆっくりとしゃがみ込んできた。白い脚がM字になると、内腿がムッチリと張り詰め、ぷっくりした割れ目が鼻先に迫った。

はみ出した花びらはヌラヌラと潤いはじめ、光二は腰を抱き寄せて若草の丘に鼻を埋め込んで嗅いだ。

隅々には蒸れた汗とオシッコ、そして美少女のチーズ臭も混じって鼻腔が刺激された。

「いい匂い……」

光二はうっとりと酔いしれて嗅ぎまくり、胸を満たしてから舌を這わせた。

清らかなヌメリを味わいながら、快感に目覚めたばかりの膣口をクチュクチュ掻き回し、ゆっくりクリトリスまで舐め上げていった。

「アァッ……！」

香奈がビクリと反応して熱く喘ぎ、新たな蜜を漏らしてきた。

彼はチロチロとクリトリスを刺激し、味と匂いを堪能してから、尻の真下に潜り込んでいった。

双丘の谷間に鼻を埋めると、顔中に着物と袴が覆いかぶさり、内部に生ぬるい熱気が籠もった。

蕾に沁み付く蒸れた匂いを貪ってから、舌を這わせて襞を濡らし、ヌルッと潜り込ませて滑らかな粘膜を味わうと、

「く……」

香奈が呻き、キュッと肛門できつく舌先を締め付けてきた。

光二は舌を蠢かせ、やがて這い出して割れ目に戻り、ヌメリを舐め取ってクリトリスに吸い付いた。

「あう、もうダメ……」

香奈が腰をくねらせて呻いた。

「ね、オシッコ出して、決してこぼさないので」

真下から光二がせがむと、香奈もほんの少しなら大丈夫と思ったか、下腹に力を入れてくれた。

やはりトイレやバスルームではないから、なかなか尿意が高まらないようだったが、ようやく舐めている割れ目内部が蠢きはじめた。

「あう、出ちゃう……」

香奈が息を詰めて言うと、チョロッと少しだけ熱い流れが漏れ、彼が夢中で受け止めると、か細くチョロチョロと注がれてきた。

光二は、味も匂いも淡く清らかな流れを口に受け、仰向けなので噎せないよう気をつけながら喉に流し込んでいった。

それでも間もなく流れがおさまり、彼は何とか一滴もこぼさずに飲み干し、なおも舌を這わせて余りの雫をすすったのだった。

5

「も、もうダメ……」

香奈が新たな愛液を漏らしながら言い、懸命に股間を引き離していった。

そして光二の股間に顔を移動させると、屈み込んで粘液の滲む尿道口に舌を這わせはじめてくれた。

まさかこのペニスが、昼間、美保子の中に入ったなど、香奈は夢にも思っていないだろう。香奈にとっても、いずれ義母になる美保子である。

彼女は張り詰めた亀頭をしゃぶり、スッポリと喉の奥まで呑み込んでいった。

「ああ、気持ちいい……」

光二は熱く喘ぎ、美少女の口の中でヒクヒクと幹を震わせた。

香奈も幹を丸く締め付け、上気した頬をすぼめて吸い付き、口の中では満遍(まんべん)なくクチュクチュと舌をからめてくれた。

彼自身は、生温かく清らかな唾液にまみれ、急激に絶頂が迫ってきた。

「い、いきそう……、跨いで入れて……」

言うと香奈もチュパッと口を引き離し、身を起こして跨がってきた。

また袴と着物の裾をめくり上げ、先端に割れ目を押し当ててゆっくり腰を沈めると、たちまちペニスはヌルヌルッと滑らかな肉襞の摩擦を受けながら深々と納まっていった。

「アアッ……！」

香奈が顔を仰け反らせ、ぺたりと座り込んで喘ぎ、キュッときつく締め上げてきた。光二も、締め付けと温もりに包まれながら快感を高めた。

「ね、脱げる？」

言うと、彼女も股間を密着させたまま、袴の前紐を解いて緩め、中の帯も解いてくれた。

そして着物と襦袢を寛げると、左右に開いて形良い乳房をはみ出させた。

全裸よりも、乱れた巫女の衣装が何とも艶めかしい。

ほとんど着衣なのに、二人の肝心な部分は繋がっているし、乳房も見えているのだ。

光二は彼女を抱き寄せ、潜り込むようにしてチュッと乳首に吸い付き、顔中で柔らかな膨らみを感じながら舌で転がした。

「ああ……、いい気持ち……」

香奈がクネクネと身悶えて喘ぎ、潤いと収縮を増していった。

光二は左右の乳首を充分に舐め回し、さらに乱れた着物に潜り込み、腋の下にも鼻を埋め込んだ。生ぬるく湿った腋には、甘ったるい汗の匂いが馥郁と籠もっていた。

うっとりと胸を満たしてから、彼は這い出して香奈にピッタリと唇を重ねていった。

「ンン……」

香奈も熱く鼻を鳴らし、彼の鼻腔を息で湿らせながら舌をからめてくれた。

光二はチロチロと滑らかに蠢く美少女の舌を味わい、生温かく滴る唾液で心地よく喉を潤した。

そしてズンズンと股間を突き上げると、

「アアッ……！」

香奈が口を離して喘ぎ、大量に溢れる愛液で律動がヌラヌラと滑らかになっていった。そして彼女も合わせて腰を遣いはじめ、すぐにも互いの動きがリズミカルに一致した。

溢れるヌメリが陰嚢の脇を伝い流れ、彼の肛門まで生ぬるく濡らしてきた。

動きとともにクチュクチュと湿った摩擦音が響き、彼は美少女の喘ぐ口に鼻を押し込んで嗅いだ。

今日も香奈の吐息は、フルーツを食べた直後のように濃厚に甘酸っぱい果実臭が含まれ、悩ましく鼻腔を刺激してきた。

香奈の下の歯並びを彼の鼻の舌に引っかけると、口の中に籠もる匂いと、唇で乾いた唾液の匂いに混じり、下の歯の裏側の微かなプラーク臭も艶めかしく胸を満たした。

「ああ、この世でいちばん好きな匂い……」

嗅ぎながら言うと香奈が羞じらい、さらに息が熱く弾んだ。

光二は股間を突き上げ、香奈の匂いに酔いしれながら絶頂を迫らせていった。

「舐めて……」

言うと香奈もチロチロと舌を這わせ、彼の鼻の穴を舐め回してくれた。

さらに顔中を擦りつけると、彼女は鼻筋や頬、瞼まで舐めて、生温かな唾液でヌルヌルにまみれさせてくれた。

「い、いきそう……」

肉襞の摩擦と濃厚な匂いに高まって言うと、

「私も……」

香奈も息を弾ませて言い、彼の全身を吸い込む勢いでキュッキュッと膣内を収縮させてきた。

「あう、気持ちいい、いく……！」

たちまち光二は口走るなり、大きな絶頂の快感に激しく全身を貫かれてしまった。同時に、ありったけの熱いザーメンをドクンドクンと勢いよく内部にほとばしらせると、

「あ、熱いわ、いく……、アアーッ……！」

噴出を感じた香奈も声を上ずらせ、ガクガクと狂おしいオルガスムスの痙攣を開始したのだった。

光二は心ゆくまで快感を嚙み締め、最後の一滴まで出し尽くしていった。

すっかり満足しながら徐々に突き上げを弱めていくと、

「アア……」

香奈も満足げに声を洩らし、肌の硬直を解きながら、グッタリと力を抜いてもたれかかってきた。

これで、もう常に彼女も大きな絶頂が得られるようになったのだろう。

まだ膣内は息づき、その刺激に射精直後で過敏になったペニスが中でヒクヒクと跳ね上がった。

「あう……」

すると香奈も敏感になって呻き、幹の震えを抑えつけるようにキュッときつく締め上げてきた。

光二は完全に動きを止めて身を投げ出し、美少女の温もりと重みを受け止めると、甘酸っぱい吐息を間近に嗅ぎながら、うっとりと快感の余韻に浸り込んでいったのだった。

溶けて混じり合ってしまうほど長く重なっていたが、やがて呼吸を整えると香奈がノロノロと身を起こしはじめた。

「離れるとき、袴の内側を汚さないように……」

光二が言ってティッシュの箱を引き寄せると、香奈は彼の股間に座ったまま、乱れた着物を脱ぎ去っていった。そして布団の傍らに置き、最後に袴も頭から脱ぎ去って全裸になってから、ティッシュを手にして割れ目にあてがいながら股間を引き離したのだった。

やはり身繕いをするには、いったん全裸になったほうが良いのだろうし、シャワーも浴びたいだろう。

香奈が割れ目を拭きながら屈み込み、愛液とザーメンにまみれた亀頭にしゃぶり付いてくれた。

「く……」

光二は呻いて身を強ばらせたが、すでに無反応期は過ぎているので、舌に翻弄されながらムクムクと美少女の口の中で回復していった。

この分では、もう一回射精しないとおさまらないようだし、まだまだ孝一郎たちは帰ってこないだろう。

香奈も、まだ欲求がくすぶっているようにクチュクチュと舌をからめ、彼自身が元の硬さと大きさを取り戻してくるのを悦んでいるようだった。

巫女姿でフェラされたらもっと感じただろうが、股間を見ると彼女の束ねた髪と髪飾りが可憐に揺れていた。

さらに香奈は顔をリズミカルに上下させ、スポスポと濡れた口で強烈な摩擦を開始すると、光二もズンズンと小刻みに股間を突き上げながら急速に高まっていった。

「ああ、いいの？　いっても……」

光二は絶頂を迫らせながら訊いたが、香奈は一向に濃厚な愛撫を止める様子がない。

「あう、いく、気持ちいい……」

たちまち昇り詰めた光二は口走り、立て続けの熱いザーメンをドクドクとほとばしらせてしまった。

「ク……、ンン……」

香奈が喉に噴出を受けて呻き、なおも吸引と摩擦を続行してくれた。

そして心置きなく最後の一滴まで出し尽くし、満足しながら突き上げを止めると、香奈も動きを止めた。そして亀頭を含んだまま、口に溜まったザーメンをコクンと飲み干してくれたのだった。

「く……」

光二は締まる口腔に駄目押しの快感を得て呻き、禁断の思いで美少女の口を汚しながら身悶えた。

すると、何やら部屋の隅から麗子や浩介がじっと見ているような気がしたのだった……。


〈了〉

※この作品は、イースト・プレス悦文庫のために書き下ろされました。

イースト・プレス
悦文庫

降臨！みだら巫女

睦月影郎（むつきかげろう）

2023年7月22日　第1刷発行

企　画　松村由貴（大航海）
発行人　永田和泉
発行所　株式会社 イースト・プレス
〒101-0051
東京都千代田区神田神保町2-4-7久月神田ビル
電　話　03-5213-4700
FAX　03-5213-4701
https://www.eastpress.co.jp

印刷製本　中央精版印刷株式会社
ブックデザイン　後田泰輔（desmo）

ISBN978-4-7816-2224-8 C0193